マドンナメイト文庫

妻の連れ子 少女の淫靡な素顔

殿井穂太

目次

contents

妻の連れ子

少女の淫靡な素顔

第一章　恥じらう少女

1

「あぁン、おにいちゃん……あっあっ、うああ。あああああ」

「はぁはぁ……景子（けいこ）、おおお……」

こんな声を出したら、娘たちに聞かれてしまうのではないかと、浜野幸樹（はまのこうき）はうろたえた。

あわてて妻の口をふさぎ、表情で「まずいぞ」と伝えてかぶりをふる。

だが、こんなふうに乱れてしまうのはいつものこと。

前の夫に開発されてしまったのだと景子は主張するが、幸樹は眉に唾して聞きながした。

たしかに開発もされただろう。しかしこの淫乱さは、生まれついてのものである可能性が高い。

幸樹はそう感じている。

(まさか、あのかわいかった景子が、こんな痴女体質だったとはな)

畳敷きの和室に敷いたふた組の布団のひとつ。

汗みずくの妻に正常位でおおいかぶさり、腰をしゃくりながら幸樹はしみじみとした。

三十九歳の幸樹と二歳年下の景子は、隣どうしの家で育った幼なじみ。おにいちゃんという呼び名は、そのころからのものである。

はっきり言って、乳が今みたいにふくらむはるか前から、この色の白い、かわいい女を幸樹は知っていた。

少女時代、あどけない中にも清楚(せいそ)な雰囲気を色濃く持っていた景子は、ふるえが来るほど美しかった。

だが、あれから約二十年。

押しも押されもしない熟女になった景子は、幸樹の責めに痴女として生まれた悦(よろこ)びを隠すことなく堪能する。

「あァン、あっあっ……気持ちいい。気持ちいいの。おにいちゃんのち×ちん、奥までいっぱいズボズボ来て。ああ、もっと、もっともっと、もっとおおンッぷっぷぷ」

(だから、聞こえちゃうってば)

景子は夜の闇に艶めかしいあえぎ声を跳ねあがらせた。

幸樹はあわてて、またも妻の口をおおう。

景子たち母娘のために中古で手に入れた一軒家。多感な年ごろのふたりの娘は上の階、幸樹たち夫婦の寝室は一階にあるが、この声量では隠しきれているかどうか不安である。

娘たちはなにくわぬ顔をしているが、とっくにばれている可能性もある。

(だめだ。射精したくなってきた!)

あえぐ痴女妻の口を押さえてピストンをしていたが、いよいよ最後の瞬間が迫ってきた。

ぬめぬめした膣ヒダと亀頭が擦れるたび、火の粉の噴くような快美感がまたたく。ひと抜きごと、ひと挿しごとに爆発衝動が高まった。どんなにアヌスをすぼめても、もはや我慢の限界だ。

「おお、景子、景子おおっ」

「うあああ」

最後はいつものお約束。

乳をグチャグチャに揉(も)みながらの怒濤(どとう)のピストンだ。

こんなふうに、乱暴に乳をいじくられるのを、景子はことのほか悦ぶ。

少女のころは細身だったが、今はむちむちと肉感的な女になっている。ダイナミックなおっぱいはGカップ、九十五センチぐらいはラクにあるだろう。

小玉スイカのようなふくらみを、幸樹はもにゅもにゅとサディスティックに揉みしだく。

「ヒィン。ンッヒイィ」

たわわな乳の先端には、ピンク色をしたデカ乳輪がある。

乳輪の大きさは三センチほど。

白い乳肌から鏡餅(かがみもち)のように盛りあがり、中央からはサクランボを思わせるまんまるな乳首が飛びだしている。

「うああ。感じちゃう。んっぷぷぷう。おっぱい、気持ちいい。んっぷぷぷう」

幸樹はぐちゃぐちゃと、やわらかな乳房を揉みしだいて変形させた。嗜虐(しぎゃく)的にまさぐれば、乳首があちらへこちらへと、せわしなくその向きを変える。

「あああ。んっぷぷぷ。ああああああ」

景子は懸命に自分で口を押さえるも、すぐに忘れて大きな声をあげた。

そのたび白い細指をくちびるに戻しはするものの、もはや理性などあってなきがごとしである。

「おお、景子……」

――パンパンパン！　パンパンパンパンパン！

「うああ。んっぷぷぷう。おにいちゃん、気持ちいい。オマ×コいいの。オマ×コいいンンッ。ああ、気持ちいい。気持ちいい。イッちゃう。イッちゃうイッちゃうイッちゃうイッちゃう。んあああっ」

「景子、出る……」

「んっぷぷぷっ。んあっ。んぷぷっ。んあああああっ!!」

――どぴゅどぴゅっ！　どぴぴ、どぴゅぴゅっ！

（ああ……）

今夜もまた、幸樹は妻の膣奥深くにザーメンを飛びちらせた。もちろん、待望の子供を期待してのことだ。

アクメに突きぬけた陰茎が、ドクン、ドクンと雄々しい脈動をくり返す。

うっとりと射精の快感に酔いしれつつ、幸樹は生きていることの幸せを、今日もまた、たっぷりと味わいつくす。

「はう、はうう……おにい、ちゃん……気持ち、よかった……ハアァン、精子、すごく……いっぱい……いっぱい……んああ……」

「景子……」

妻もいっしょに絶頂を迎えたようだ。

幸樹とひとつにつながったまま、白い美肌から汗を噴きださせた三十七歳の熟女は、派手に身体を痙攣させ、オルガスムスの快感に酔いしれる。

「聞こえ……ちゃったかしたら……娘たちに……あはぁ……」

「なあに、大丈夫さ」

ようやく理性をとり戻し、不安そうに苦笑する愛妻に幸樹はささやいた。不安な思いは同じだが、同調したところでしかたがない。

「アァン……」

あらためて抱きすくめれば、景子は甘い声をあげながら、幸樹の背中に白い腕をまわしてくる。

「おにいちゃん、大好き……最初から……おにいちゃんの奥さんになればよかったなあ……」

「そんな……」

かわいいことを言う景子に、父性本能をくすぐられた。

景子の気持ちは言うまでもなくうれしいし、ありがたい。だが幸樹は、妻にそんなことを言われると、じつはなんとも複雑な気持ちになる。

しかしそのことは、決して景子には話せなかった。

愛とはなにか。

ひとりの女を好きになるとは、いったいどんなことなのか。

幼いころから好意を抱いていた女と添いとげることができたというのに、幸樹はこのところ、ずっとそんなことを考えていた。

愛欲というものの摩訶不思議(まかふしぎ)さに、迷路にはまったような気持ちになりながら……。

2

「おはよう、お父さん」

鈴をころがすような声で、その愛くるしい娘は今日もまた、幸樹に朝の挨拶をした。

「おう。お、おはよう」

幸樹はなんでもないふりをするのに、もう必死だ。この娘の前で父親の顔をたもとうとするのは、いつでもかなり努力がいる。

時計の針は、あともう少しで六時という時刻。

早くも高校の制服姿に着がえた義理の娘は、早朝のキッチンでてきぱきと家族全員分の朝食を用意する。

浜野美月（みつき）、十七歳。

秋がくれば十八歳になるこの養女は、ついこの間、高校三年生になったばかり。

だが、高三の娘にしてはずいぶんしっかりしていると幸樹は思っていた。それは決して親の欲目などではないはずだ。

「うまそうだな、今日も」

急いで首に巻いたネクタイの調整をしながら、幸樹は美月に声をかけた。

「え、えぇ……おいしそうって、ただの目玉焼きとベーコンよ」

美月は照れくさそうに苦笑し、湯気をあげるベーコンと目玉焼きを、幸樹と自分のぶん、ダイニングキッチンのテーブルに置く。

そのタイミングで、トースターがパンを焼きあげた。

美月は制服のスカートをひるがえし、少しこげ目のついた食パンとサラダをこれまたテーブルに用意する。

「いけない。サラダにプチトマト乗せるんだった。ちょっと待ってね、お父さん」

「あ、ああ」

(美月……)

義理の娘が食事の用意に追われているのをいいことに、幸樹は罪悪感にかられながら、ちらちらとその姿を目で追った。

美月は盗み見られているとも知らず、慣れた動作で主婦のように立ちまわる。

色の白さは母親ゆずり。

正確に言うなら、母親ゆずりなのはそれだけではなかったが、心中でため息を漏らしつつ、幸樹は愛娘(まなむすめ)を見る。

楚々とした和風の美貌からは、上品で優雅な香気が感じられた。

一重の目に、すらりと通った高い鼻すじ。

ただ、くちびるだけはぽってりと肉厚で、ちょっぴり少女離れしたセクシーさをアピールする。

卵形の小顔をいろどるのは、烏の濡れ羽色をした長い髪だ。キューティクルも愛らしいサラサラした髪は、その毛先をいつも背中で艶めかしく踊らせている。

美月が着ているのは、この界隈では名門進学校として名高い私立女子校の制服だ。

白いブラウスにワインカラーのリボン。

チェック柄のスカートは太ももの半分ほどの丈しかなく、今日もまた、このごろとみにむちむちしはじめた白いももが惜しげもなくさらされている。

そう。第二次性徴まっただ中の美月は、やけに肉感的な魅力を放つようになってきていた。

ついこの間までやせっぽっちだったのが嘘のように、ひとりの女性として、いちじるしい成長を、日々つづけている。

(早いもんだな)

幸樹はついしみじみとした。

景子と結婚をしたのは今から二年前のこと。幸樹は初婚だったが、景子はふたりの娘を連れての再婚であった。

つまり、この娘が義理とはいえ幸樹の娘になってからもう二年になる。景子と結婚をする前にはじめて顔合わせをしたときから考えれば、正確には、二年と半年ほどが経(た)っていた。

この年ごろの少女の二年半という歳月はとてつもなく大きい。

十五歳だったあのころと今とでは、はっきり言って別人のようだ。

(出逢(であ)ったばかりのころは、とにかく細かった。それに、中学生だった時分は眼鏡もかけていたんだっけ)

はじめて会ったころのことを思いだし、幸樹は懐かしくなった。

幼なじみだった景子と十八年ぶりに再会したのは三年前。

――景子ちゃんから久しぶりに連絡が来たんだけど、幸ちゃんに会いたいって言ってるよ。

かつて近所に住んでいた、共通の友人から手紙が届いたのがきっかけだった……。

父親が転勤族だった景子が、幸樹たち家族の隣に越してきたのは、幸樹が十歳、景子が八歳のとき。

ひと目見たときから、かわいい女の子だと幸樹は思った。ずいぶん細い子だなと思いもしたが。

そんな感情が恋心に変わったのは、いったいなにがきっかけだったろう。

今となってはさだかではない。

だがいつからか幸樹は、隣家に暮らす妹のような少女をひとりの異性として意識するようになっていった。

特に景子が、さなぎから蝶（ちょう）へと変貌するかのように、目にするたびに息を呑（の）む成長を見せるようになった十五から十六歳のころのことは、今でも昨日のことのようにおぼえている。

やはり少女が中学生から女子高生へと変わる年ごろというものには、格別なものがあるのかもしれない。

やせっぽっちで、どこか中性的な雰囲気を漂わせていた景子は、高校生になると同時に、どんどん女性らしい魅力を増した。

ずっとショートにしていた黒髪を急に伸ばしはじめ、ついに美しいその髪は、背中でサラサラと毛先を踊らせるようになった。

そんな景子に「おにいちゃん」と親しげに呼ばれるたび、幸樹は胸を締めつけられるような気持ちになった。

ずっと好きだった少女が、手の届かない場所に遠ざかっていってしまうような気がして、焦燥感にもかられた。

だが結局、意気地がなかったということなのだろう。

景子が十六歳の秋、父親の転勤が決まって、いきなり自分の前から去ってしまうことになっても、幸樹は想いを告げることができず、彼の初恋はそこで終わった。

しばらくは文通をしたものの、長くはつづかなかった。どちらからともなく便りがとだえ、景子はセピア色の景色の中の女性になった。

しかし、人生というのはわからない。

もう二度と会うことなどないだろうと思っていた景子と再会できたばかりか、勢いのまま、結婚することにまでなってしまうなんて。

ずいぶん久しぶりに再会した景子は、立派な大人の女になっていた。

そう言われてみれば鼻の形はあのころのままだし、化粧こそ濃いめではあるものの、目のあたりにも少女のころの面影があるななどと思いはしたが、当然ながら、往事とはずいぶん変わっていた。

よく言えば大人の女として、あのころにはない魅力が増していたし、逆の言いかたをするならば、目の前に本人がいるというのに、あのころ幸樹が愛した景子は、幸樹の頭の中にしか、やはり存在しなかった。

長いことずっと、初恋の呪縛に苦しめられてきたせいだろう。幸樹の中にはそのころも燦然と、少女のころの景子が生きていた。

　だがそれでも、ふたりは意気投合した。

　景子に結婚歴があり、すでに年ごろになる娘がふたりもいると聞いても、たいして障害にはならなかった。

　夫の浮気に苦しめられ、しまいには暴力まで受けて離婚を決意したと知り、自分がこの女を守ってやらなければというような気持ちになった。なにしろこの女は、自分の初恋の女なのだから――そう思うだけで、幸樹は苦もなく天にも昇る心地になった。

　加齢とともにいろいろと変わってしまったのはお互い様。会いたいと自ら連絡をしてきてくれたことがうれしかった。

　もしかしたら、これでようやく初恋の呪縛から解放されるといった思いもあったかもしれない。

　長くせつない、片思いの物語にやっと終止符が打てるというか。

　むろんこんなこまごましたことは、ひとことたりとも景子には言っていない。しかし幸樹はそうしたいろいろな思いもあり、景子にプロポーズをした。景子は恥じらいながらも喜び、涙を流して幸樹のプロポーズを快諾した。

　幸樹は幸せな気持ちで、景子との結婚に向けて本格的に動きだし、美月と出逢うことなったのである。

(びっくりしたんだよな、はじめて美月を見たときは)

幸樹は回顧する。

これもまた、景子には決して言えないことだが、景子に引きあわされ、美月をひと目見たときの衝撃は、ほの暗く淫靡なものを濃厚に含んでいた。

そっくりだったのだ。

あのころの景子と。

これから蝶へと変貌を遂げていこうとしていた、あのころの景子の生き写しとしか思えない驚くほどの相似性を長女の美月は持っていた。

つまり、もう自分の頭の中にしか存在しないと思っていた娘が、とつぜん目の前に現れたのである。

幸樹は動転する自分を抑えつけるのに必死だった。

それほど、とり乱しそうになった。

厄介なことになったとも思った。

幸樹が幼なじみの女と決めた「ふたりの未来」は、危険な道ゆきになる可能性をはらんでいたのだと、そのとき幸樹ははっきりと思い知らされた。

だが、婚約を解消するという選択肢はない。

そんなこと、微塵も思いはしなかった。

なぜか。

当然だ——幸樹は美月に魅入られてしまったのだ。

あのころの景子がここにいると思うと、不思議なことに景子本人といるよりも、幸樹は昂った。

こうして、幸樹は幼なじみとその娘たちとの生活を開始した。

はっきり言って、その日々は綱渡りも同様だった。しっかりと自分を戒めていないと、あっという間に奈落の底へと転落しそうなリスクとともに、幸樹は景子たち母娘と暮らした。

そして、あのころに引きつづき、また痛切に思うのだった。やはりこの年ごろの少女の成長ぶりには格別のものがあると。

母親の景子が中学生から女子高生へと変わっていったあのころも、美しさの進化には目を見張るものがあったが、それは美月もまったく同様だ。

だが景子の場合は、成長といっても目撃できたのは十六歳までで、そのあとは並走することがかなわなかったぶん、もしかしたらよかったのかもしれない。

しかし幸樹は、美月の驚くばかりの変貌を、日々リアルに突きつけられた。その華麗な進化は、そばにいる男にはちょっと危険なものだった。

細身で眼鏡をかけていたショートカットの娘が、眼鏡をとり、髪を伸ばし、体つきも女らしい成長をはじめた。

眼鏡をとった顔は十人並み以上の美少女で、肉体的な発育ぶりもいささか過激な部類に入るのだから、これでもぐっと耐えている自分を、幸樹はほめてやりたかった。

(見ろよ、あのおっぱい)

庖丁(ほうちょう)を手に、プチトマトを刻む愛娘の胸を、幸樹はこっそりと見た。

白いブラウスの胸もとがはちきれんばかりに盛りあがっている。

もちろん本人には、見せつけるつもりなど毛頭ないだろう。だがブラウスを押しあげる白いブラジャーのあでやかなフリルまでもが、白い服ごしにくっきりと透けて見える。

こんなところまで母親に似たのだなと、景子のたわわな巨乳を脳裏によみがえらせて幸樹は思った。

あれよあれよという間に大きく成長した美月のおっぱいも、母と同様Gカップ、九十五センチぐらいは軽くある。

せわしなく身体を動かすたび、そんな乳房がたっぷたっぷとよく揺れる。

見せつけている自覚が本人にないぶん、その破壊力はさらに何倍にも強烈なものになる。

(しかも、お尻も、太ももも)

娘のそこへと視線を粘りつかせ、幸樹は思わず唾を飲む。

母親も乳だけでなくヒップも大きな女だが、その卑猥(ひわい)なDNAは、娘の美月も受けついでいる。

スカートの布を押しあげんばかりのボリュームで、見事な臀肉(でんにく)が大迫力の大きさをアピールした。

チェックのスカートの尻部分が盛りあがる様には、幸樹を息苦しくさせる魔性めいた力がある。

太ももの、得も言われぬ量感も男泣かせだ。若くピチピチした美少女の太ももがこんなに白くて見事だなんて、いったいどうやって、そばにいる男は理性をたもてばよいというのか。

動くたび、白いももにさざ波が立った。膝裏のくぼみにも、ブルーのソックスが吸いつくように貼りつくふくらはぎにも、ついマジマジと見たくなる強い磁力がこの娘にはある。

「お待たせ。さあ、食べよ、食べよ」

プチトマトを切り終えた美月は、それぞれのサラダに飾りつけると、ようやく向かいの椅子に腰かけた。

用意を終えていたコーヒーを義父と自分のカップにつぎ、いただきますと手を合わせる。

「いただきます」

幸樹も同じようにして食事をはじめた。

朝はいつも、幸樹と美月が早い。

幸樹は勤めているＩＴ企業の職場まで、少しでも電車が混雑しない時間に乗りたいため。

美月はバレーボール部の朝の練習のためだ。

景子は家計を支えるためパートの仕事をしてくれているが、壊滅的に朝が弱い。しかも、夜中にあんなハードな行為をしていたのでは、さらに起きられるわけがない。

美月の妹である里緒は、そんな母親に似たのだろう。

これまた朝は恐ろしいほど弱い。

「あれ。ごめんね、お父さん。目玉焼き、ちょっと硬くなっちゃった」

美月は上品な挙措(きょそ)で卵をかじり、コーヒーを口に運びながら幸樹に言った。

「いや、全然いいよ。どうだ、勉強」

なにくわぬ顔をして、幸樹は父親面をする。

美月は顔立ちも体つきも超極上級なら、性格のほうもやさしくまじめないい子だが、そのうえ神はこの娘に人並みはずれた聡明さまで与えていた。

美月の通う私立女子校は、北関東Q県北部のこのZ市では、偏差値の高い優秀な女子校として有名な名門。

ただでさえ才媛ぞろいなのに、美月はあろうことか、学年上位の成績を一年生のころからキープしている。

「うん、まあ、なんとか」

幸樹の質問に、たいして興味もなさそうに美月は答えた。

「どうするんだ、大学」

このところ、ときおり話題にするそのことを、今朝も幸樹は聞いた。

まだ三年生になったばかり。

いますぐ進路を決めなければならないわけではないが、学校からは早めに決定することを勧められている。

美月の成績なら、かなりの大学でも推薦でいけるかもしれない。

だが美月はまだはっきりと、どんな方向に進みたいのかという意志を明確にしていない。

「うーん……」

小首をかしげて食パンを咀嚼(そしゃく)しながら、美月はうなった。

かわいい。

なんだ、このかわいらしさは。

食べてしまいたい愛らしさとは、こういう娘に使う言葉だよなと幸樹は思い、そんなふうに思ってしまう自分を「いかん、いかん」とあわててしかる。

「ていうかさ、美月は将来、なになりたいって思ってるの」

「なにに……」

幸樹の言葉をオウム返しにし、美月は動きを止めた。うーんとかわいくうなって宙を見あげ、薬指でくちびるをそっと拭う。

景子と同じ仕草である。

遺伝子とは本当に不思議だ。ちょっとした挙措にも、血を分けた母と娘にはときどき瓜ふたつなものがある。

「お嫁さん、かな」

「えっ」

ひとりごとのように言うと、美月はうつむき、もしゃもしゃとサラダを食べる。

「お嫁さん……」

「なに、いけない？」

驚いて言うと、心外そうに美月は幸樹を見る。

「女の子だもん。好きな人のお嫁さんになりたいって思っても、ぜんぜんおかしくないでしょ」

「いや、そりゃそうだけど、お父さんが言いたいのは……あっ――」

意見しようとすると、美月がいきなり椅子から尻を浮かせた。前かがみになり、こちらに片手を伸ばす。

苦笑しながら幸樹の口のわきに、伸ばした指でそっと触れる。

（わわっ……）

「もう……パン、ついてる。子供じゃないんだから」

「お、おう。さんきゅ」

不意打ちのような娘の行動にドギマギしつつ、幸樹は平静をよそおった。美月は座りなおすと、なにごともなかったかのように食事をつづける。

(まいったな)

やはりここは地獄だと幸樹は思った。

この娘は、好きになって結婚した女性の子供である。

つまり、幸樹にとっても子供なのだ。

それなのに、なんだこの感情はと、自分の中でうずまくものを幸樹は持てあました。

幼いころ、隣の娘にずっと抱いていたのとよく似た感情――いや、もっとはっきり言うなら「同じ感情」を、幸樹は美月に持ってしまっている。

いいのか、これはと自問した。

いいわけがない、そんなの常識だろうとすぐに答えを返す自分がいるが、理性と感情は別物だ。

最初から波乱含みになることは十分予想できた結婚だが、思っていたとおり、あるいは予想していた以上に、今幸樹が生きている現実は重苦しい。

しかも、相談したくてもこんなこと、誰にも相談できなかった。

(どうしてこんなにかわいいんだか)

ため息をつきたい気分で、幸樹はチラッと美月を見た。

ういういしい色気ときらめく透明感が、ほどよい塩梅でミックスされている。

美月はただ黙ってそこにいるだけなのに、温室の扉を開けたときに感じるような、生暖かな圧を幸樹は感じる。

（お嫁さんか）

あらためて、美月が口にした言葉に胸を締めつけられる心地になった。いつかもっと大人になれば、この娘と相思相愛になり、その心はもちろん、身体まで我が物顔で自分のものにできる男が現れるのだろう。

（うらやましい）

幸樹は嫉妬めいた、焼けるような感情を抑えつけた。

顔もわからない、どこかの誰かと組んずほぐれつしている裸の美月を想像すると、股間がぞわぞわと不穏なうずきを苦もなく放つ。

（この娘も……なのかな）

このごろときどき思うことを、今朝もまた幸樹は思った。

昨夜もいつものように見せてくれた、景子のすさまじい痴態が脳裏に去来する。

幸樹の妻は、まがうかたなき痴女だ。

いつもみんなの前で見せる姿と、夜の閨で見せる素顔の落差は信じられないほどである。

そして美月は、景子の娘。顔つき、体つき、ちょっとした仕草など、いろいろなところが母と酷似している。

だとしたら、ひょっとして母親の卑猥な遺伝子も、この娘は受けついではいないだろうか。

こんなかわいい顔をして、熱っぽい夜の閨では獣のような、いやらしい姿を見せはしまいか。

(まずい)

これ以上は危険だと、幸樹はよからぬ妄想を頭の中から追いやった。股間の一物が甘酸っぱくうずき、勃起をはじめそうになっている。

「ねえ、お父さん」

すると、いきなり美月が言った。

「うん、なに」

幸樹は美月を見る。

「……あっ。えっと」

「……うん？」

「や、やっぱりいい」

「なんだよ」

美しい黒髪をサラサラと揺らめかせ、美月はかぶりをふる。

「いい。なんでもない。わっ、遅れちゃう」

「おっ……」

美月は時間をたしかめ、あわてて立ちあがった。なんだかよくわからなかったが、出かける時間が迫ってきているのは幸樹も同じだ。

急いで残りを口に入れ、コーヒーで喉の奥に流しこんだ。

今日は金曜日。

ようやく週末がやってきた。

3

「里緒、入っていいか」

里緒の部屋の前に立ち、軽くドアをノックする。

「いいよ」

ややあって、中から返事があった。

「入るぞ」

ノブをつかんでまわし、幸樹はゆっくりとドアを開けた。

二階の一室にある末娘の勉強部屋は、いかにも思春期の女の子らしいファンシーな意匠。

パステルカラーのカーテンやマット。

ベッドの枕もとには大きな熊のぬいぐるみが置かれ、勉強机の上にも、さまざまな雑貨が置かれている。

整然ととのえられ、無駄なものは置かれていない美月の勉強部屋に比べると、ものが多く、やや雑然とした雰囲気がある。

姉妹なのにおもしろいものだと、いつでも幸樹は思うのである。

「調子、どうだ」

ベッドに横になる里緒に声をかけた。

額に手の甲を当て、ぼうっとしていた里緒は「うん、平気」と答え、ベッドに起きあがる。

「無理しなくていいぞ。ケーキ、食べられるか」

幸樹は里緒を気づかいつつ、持ってきたトレーを勉強机に置く。

ケーキと紅茶を用意してきた。

それぞれを机に置く。

「ありがとう、パパ。もう大丈夫」

ベッドの端に腰かけた里緒は、ギュッと目を閉じ、大きく伸びをした。肩が凝ったというように右へ左へと頭をかたむけ、自分で片方の肩を揉む。

（よかった。ほんとに回復したみたいだな）

そんな里緒の様子を見て、幸樹は胸をなで下ろした。もしもの場合は病院に連れていく展開も予想していたため、安堵感がひろがる。

今日は土曜日。

外は快晴で、気持ちのいい青空がひろがっている。

美月は部活動のために朝から学校に出かけ、景子はコンビニエンスストアでのパートのあと、友人と遅めのランチをしてくると言って出かけていた。

つまり家には幸樹と里緒しかいないのだが、里緒は朝からちょっと調子が悪いと言って、ずっと部屋で伏せっていたのだ。

朝食も食べずにいた里緒の身体を、幸樹は心配した。

そろそろおやつの時間だし、様子見も兼ね、ケーキ持参で行ってみるかと思い、部屋に来たのである。

「…………」

幸樹はチラッと、ベッドの端に座る里緒を見た。

ついこの間、高校一年生になったばかり。冬が来れば十六歳になるが、高校生とは言え、年齢はまだ十五歳である。

(この娘も大きくなったよな)

つい、しみじみと思った。

はじめて会ったときは、まだ中学一年生。

あのころは小学生のような雰囲気を濃厚に持つ女の子だったが、いつしか少しずつ、この娘も大人の女になるべく成長をつづけている。

ただし、姉の美月とは受ける印象はずいぶん違う。

美月は母親によく似ており、そういう意味で幸樹は親近感を抱いたが、妹の里緒のほうは景子とも美月とも似ていない。

景子の話では、夫の母親によく似た顔立ちだという。つまり前夫の母親もそうとうな美人だということだ。

　なによりも印象的なのは、すらりと通った高い鼻すじ。そして、アーモンドのようなつりぎみの両目。

　まだ十五歳なのに、どこか大人びた印象があるのは、この凜（りん）とした雰囲気の双眸（そうぼう）によるところが大きい。

　年齢的に、まだなおあどけなさを残しているにもかかわらず、自分が子供であることを否定しているかのような、クールなものを感じさせる。

　黒髪をボーイッシュなショートカットにしているが、これで髪でも伸ばしはじめたら、女性的な魅力はさらに強烈なものになるに違いない。

（それに、どんどんスタイルもよくなって）

　幸樹は里緒の体つきをさりげなくたしかめた。はじめて出逢ったころから華奢（きゃしゃ）な娘だったし、今でも基本的にはスレンダーだが、このごろやけに手脚の長さが気になるようになってきている。

　それとともに、やせっぽっちの体型ながら、ヒップの張りだしぐあいがさらに艶めかしいものになったり、胸のふくらみが中学時代よりさらに大きくなってきたりもしている。

もっとも、現実の里緒はまだまだ子供だ。

見かけにはそんな大人っぽいものが感じられるようになってはきたが、気質のほうはまだまだ子供じみたものを忍ばせる。

だがそれも、本当に期間限定なものになってきたと思うと、幸樹はついしんみりとなるのだった。

幸福なことに、幸樹は美月とも里緒とも、良好な関係を築くことができている。

ふたりとも最初からよくなついてくれたし、まだ幼かったぶん、里緒のほうが美月より、他人行儀な部分はさらに少ないかもしれない。

「ねえ、パパ……」

すると、ベッドに座ってうつむいたまま、里緒が幸樹を呼んだ。

ファンシーな絵柄をちりばめた薄いピンクのパジャマ姿。

ズボンからのぞくむき出しの足先には、粒ぞろいのブドウの実を思わせる愛らしい指がある。

「うん？」

幸樹は返事をした。

だが里緒は、うつむいたままなにも言わない。

「……どうした」

幸樹は眉をひそめて里緒に聞いた。

しかし里緒は、自分で呼んでおきながら顔をあげようともしない。

「おい、どうした、里――」

「ママ、なんだけど……」

「えっ？」

里緒の言葉じりは、もごもごとくぐもった。言おうかどうしようか逡巡(しゅんじゅん)している雰囲気を察し、幸樹は自ら問いかける。

「ママがどうしたんだ」

「えっ。あ、うん……」

里緒はベッドに両手をつき、うつむいた。艶やかな黒髪の頭頂部で、キューティクルが天使の輪のように輝いている。

「里緒――」

「パパ」

「うん？」

「お腹(なか)が痛い」

「……えっ！」

突如として、里緒はこちらを見あげて訴えた。すがるような顔つきに、幸樹は父性本能をくすぐられる。

「お、お腹が痛いって、だって、おまえ――」

「痛いの。無理してがんばろうとしたけど、やっぱ無理」

「あ……」

顔をしかめ、お腹に手を当てると、里緒はふたたび布団の中にもぐりこんだ。いたた、いたたと小さな声でうめきつつ、ベッドに横たわって幸樹を見あげる。

「パパ、痛い」

「おいおい……」

泣きそうな顔つきで訴えられ、胸を締めつけられた。

長女の美月に対しては、人には言えないほの暗い想いを抱いている。だがこの娘には、幸樹はかなり純粋に「父親」でいられた。

パパ、パパと、出逢ったころから実の父親のように里緒は幸樹によく甘えた。

成長とともに、会った当初のような子供じみた甘えかたはしないようになったが、それでもときおり濃厚に、子供じみた部分がひょっこり顔を出す。

そんなこの娘が、幸樹はいとおしかった。

あくまでも父親としてではあるが。

「痛いよう。痛い」

「おい、里緒、平気か……」

そうとう痛いのか、里緒は身もだえ、こちらに背を向けて横臥した。

今にも折れてしまいそうな華奢な背中を目の当たりにし、幸樹はオロオロと立ちすくむ。

「ど、どうする。もし痛みがひどいようなら、病院――」

「甘えたい」

「……えっ」

恥を忍んで、という感じであった。意を決したような声音でポツリと言うと、里緒はこちらに向きなおる。

「パパ、いっしょに寝て」

「里緒……」

こんなことを頼まれたのは、出逢って間もないころ以来である。たしかにあのころ幸樹は、この娘にせがまれては、よく添い寝をしてやった。

当時、里緒は中学生。

年齢的には、決してそんなことを平気で頼める年ごろではなかったはずだが、この娘は意に介さなかった。

実の父親が家庭内では暴君だったせいもあり、実父にはまったくなつかない子供だったという。

それは美月も同じだが、父親を忌避する思いは、どちらかと言えば里緒のほうが強かったと景子から聞かされたことがある。

そんな里緒にとって、新たに現れた母のパートナーは、格好の「父親代わり」になった。

年がいもなく幼い子供のようになり、添い寝どころか誘ったら、いっしょに風呂に入ることすらいやがろうとしないほどに思えた。

もちろん、風呂になどともに入りはしない。

当たり前の話である。

だが添い寝に関しては、雷が怖いだの、怖い夢を見ただのと言ってはせがまれるのは日常茶飯事だった。

景子も苦笑をし……。

――ごめんね、おにいちゃん。あの娘、ファザコンかも。

と、こっそりささやいたことがあった。

だがここしばらくは、さすがにもうそんなことはなくなっていた。

しかも、里緒はもう高校一年生。まさかふたたび、添い寝をねだられる日が来ようなどとは夢にも思わなかった。

4

「パパ、早く」

久しぶりに子供に返って、里緒はねだった。

「いや、けど、おまえ……」

里緒はじれたように添い寝を求める。しかし、おお、そうかそうかとふたつ返事で承諾できることではない。高校一年生という年齢は、もはや気軽にそんなことをしてよい歳(とし)ではない。

ところが――。

「痛いよう。お腹、さすってほしいよう。痛い。痛い、痛い……」

「里緒……」

里緒は強硬に主張する。

そればかりか苦悶に顔をゆがめ、痛い、痛いと言いながら、七転八倒するように、あちらへこちらへと寝返りを打つ。

(今、もう大丈夫って言ったばかりじゃないか)

苦しそうに煩悶する娘に胸が痛んだ。激しい痛みのせいで、つい子供返りをしているのかもしれないとも思う。

(しかたないか)

こんなところ、景子はもちろん美月にも見せられないなと思いながら、幸樹はやむなく里緒の希望にしたがった。

ベッドをきしませて身をよじる愛娘が心配になりながら、かけ布団をめぐる。十五歳の娘の隣に、自分の身体を横たわらせた。

「……っ」

自らねだっておきながら、言われたとおりにすると、里緒はあどけない美貌を引きつらせたかに見えた。

だが、それも一瞬のこと。

すぐに「パパ、お腹さすって。痛いよう」と甘えた声で求めてくる。

「しかたないな、おい」

今日はやけに子供に返っているなと苦笑いをしたくなりつつ、そこまで痛みがひどいのかと心配にもなった。

幸樹は身体を横向きにし、そろそろと美少女の腹に片手を伸ばす。

「あっ……」

「――っ。おまえ、熱があるんじゃないか？」

パジャマ越しに手を当てたお腹の熱の高さに、幸樹はギョッとした。

しかし里緒は、かぶりをふる。

「へ、平気。さすってくれたらおさまるから」

「いや、だけど……」

「さすって。痛い……痛い、痛い……」

「だ、大丈夫か、おい」

痛がる娘に不安な気持ちがつのった。幸樹は眉をひそめ、里緒のお腹をやさしくさする。

……スリッ。スリスリッ。

無駄な肉などどこにもないように感じさせる、薄いお腹。

よく考えたら、近ごろこんな近距離でこの娘を見たことはなかったなともぼんやりと思う。

里緒の身体からは、この年ごろの少女ならではの甘ったるい香りがした。

みずみずしいフェロモンのなせるわざだろうが、こんなアロマを嗅いでいると、こちらも若返るような気持ちになる。

「う っ……」

「い、痛いのか？」

「さすって。もっとさすって」

「お、おう……」

「そ、そこじゃない……」

すると、里緒が眉間にしわをよせ、不満そうに言った。

「えっ、そうなのか。どこらへんだ」

おへその上あたりをさすっていた幸樹は手の動きを止め、里緒に聞く。

「もっと……もっと下」

「ここらへん？」

手の位置を少しずらし、やさしくさすった。たぶんへそだろう凸凹が手のひらと戯れるのを幸樹は感じる。

「もっと……もっと下」

「えっ……こ、こうか」

里緒に言われ、幸樹はさらに下へと手を移動させた。

しかし、それでも里緒は言う。

「も、もっと下。もっと下」

「えっ……いや、だけど、里緒」

こんなことを気にしているほうが親としてはいけないのかもしれないが、はっきり言って手の位置は、いわゆる腹部からは逸脱しつつあった。

これ以上、手を下降させるのは、さすがにはばかられる場所にまで幸樹の手はすでに達している。

「だって、痛いんだもん。そこじゃないってば」

「い、いや、けど、おまえ」

「ここ。ここなの」

「あっ……」

里緒はいつしかその顔を真っ赤にしていた。じれたように語気を荒らげると、幸樹の手をとり、望む位置へと押しつける。

「んああっ……」

「おいおい！」

だがそこは、もはや完全にお腹などではない。

下腹部も下腹部。

もっとはっきり言うならば、すぐそこに二本の太ももがある股のつけ根へと指がすべりこんでいる。

（ま、まずいだろう、これ！）

幸樹はあわてて指を離そうとした。

しかし里緒はそうはさせじと、両手で父親の腕をつかみ、自分の股間にさらにグイグイと押しつける。

「んああっ。あっ、ああっ」

「えっ、ええっ。ちょ……里緒」

幸樹は動転した。

これはいったい、どういう展開だ。

ういういしい娘のヴィーナスの丘に、四十路(よそじ)間近の中年男の指が食いこんでいる。

しかも男は、この娘の義理の父親なのだ。

自分がおちいった状況にパニックになって、幸樹は言った。声が無様にうわずり、今にも裏返りそうになる。

「里緒、放しなさい」

さらに力を入れ、指を剝がそうとした。

だが、里緒はそれを許さない。

歯を食いしばり、両目を潤ませ、驚くばかりの力をこめて、義父の指をおのが秘丘に押しつけては……。

「んああ。はう、んああっ」

はじめて耳にする艶めかしい声を、恥じらいながらも幸樹に聞かせる。

「り、里緒」

(ちょ……ああ、やわらかい。それに……熱い!)

頭を真っ白にしてあわてながらも、幸樹は指に感じる十五歳の秘丘の感触に浮きたった。

ほてったかのような熱さは、はっきり言って腹部以上。そのうえ少女の秘丘は、得も言われぬ柔和さにも富んでいる。

たとえて言うなら、ふかしたばかりの肉まんじゅうのよう。中年男が絶対に触れてはならない禁断の場所である。

「おい、里緒」

よからぬ激情がムラムラと股のつけ根からせりあがりだした。これはまずいとあわてた幸樹は、怒気を強めて娘を呼ぶ。

「パパ、ママのこと好き？」

すると、なんの脈絡もなく、里緒が聞いた。

「えっ」

「ママと私、どっちが好き」

「な、なにを言っているんだ。ああ、ちょっと……」

「ふわっ。いや、なにこれ。あァン……」

里緒は幸樹に問いかけつつ、なおもグイグイと義父の指をおのが局部に押しつけた。

（ああ……）

幸樹は感じる。

パジャマのズボンと下着越しではあるものの、今たしかに、指がにゅるんと粘る肉園にすべりこんだ。

「里緒」

「私、パパが好き」

里緒がとつぜん、告白する。

「ええっ？」

幸樹は驚いて娘を見た。

「パパが好き。ねえ、ママなんてもうおばさんだよ。私のほうが、パパきっと好きになると思う……あっ、ヒィン、ちょ……な、なにこれ。ああ」

「おおお、里緒……」

里緒は自分で幸樹の指を淫肉に擦りつけ、聞いたこともなかった艶めかしい声をあげる。

聞いたこともない──当然だ。

なぜならば、この娘はまだ十五歳。

身体だって心だってまだまだ子供で、現に今だって、幼子みたいに幸樹に添い寝を求めてきたり──。

（あ……）

そう考え、幸樹はようやく気づいた。

もしかしたら、違うのではないか。

(里緒)

啞然(あぜん)として、あどけない少女を見る。

ひょっとしてこの娘は、添い寝が目的ではなかったのではないか。もっと言うなら、お腹が痛いというのも仮病で、最初から目的は——。

(冗談だろう)

「あァン、パパ、パパぁ」

「わわっ、里緒」

里緒は熱っぽく、幸樹にむしゃぶりついた。

それはまさに、全身全霊をぶつけてきたかのような抱きつきかただった。

なにもかもかなぐり捨てたかのような態度で、幸樹の首すじにスリスリと顔を擦りつける。

(か、かわいい!)

そんなことをこの状況で、思ってしまってはならなかった。だが思いもよらない里緒の行為に、幸樹はつい甘酸っぱく胸を締めつけられる。かわいいと思う気持ちに、理性や道徳でフタはできない。

しかも――。

（えっ、ええっ。これ……乳首！）

身体に押しつけられる灼熱(しゃくねつ)の身体は、淫靡にしこったふたつの突起のおまけつきだ。胸のわきに押しつけられる乳首は、パジャマ越しでもそうとわかるほど勃起している。

5

「パパ、恥ずかしい。恥ずかしいよう」

里緒はほてった身体を幸樹に押しつけて揺さぶりつつ、声をふるわせて言った。

「里緒……」

里緒の口から香る甘いアロマと、乳首の勃起に動揺した。娘の名を呼ぶ声は、情けないほどうわずっている。

「こんなことするの、すごく勇気が必要だった。でも、がんばったの。これ以上、自分に嘘をつけなくて、がんばったよ。でも、恥ずかしい。怖いよう。怖いよう」

「ああ……あっ」

幸樹はようやく気づいた。

その指はなおも、ズボンの上から娘のワレメに埋まっている。里緒はもう拘束などしていないのに、幸樹はそこから指を動かせない。

（動かせ。動かせよ！）

心で自分に怒鳴った。

だが、かけ声は徒労に終わる。どうしよう、これはまずいぞと絶望的な気持ちになった。

ムクムクとせりあがりだした激情はいつしか全身をむしばみ、ついには幸樹の脳髄まで、妖しく麻痺させはじめている。

（まずい。まずい、まずい、まずい！）

「パパ、大好き」

しかし、幸樹の置かれた状況はとんでもなく残酷だ。

あっという間になけなしになっていく理性を嘲笑うかのように、キュートな末娘は信じられない告白をくり返す。

「り、り――」

「私、もう大人だよ」

それは、どこか決然とした意志を秘めた言葉に思えた。

相変わらず顔をあわせようとはしないものの、里緒は強い力で幸樹に抱きついたまま、父親の身体を哀切に揺さぶる。

「大人だよ。大人がないしょでしてること、私だってできるよ」

「里緒……」

(まずい……俺……俺っ！)

幸樹は必死になって自分にブレーキをかけようとした。こみあげてくるどす黒い欲望に「散れ！　向こうへ行け！」と必死に叫ぶ。

だが——。

「お姉ちゃんみたいに、まだおっぱいもお尻も大きくないけど、でもがんばって大きくする。もっともっと魅力的な女の子になる。だから、パパ、女として見て。お願いだよう。ママなんかじゃなくて、今日からは私を——」

(も、もうだめだ！)

「おお、里緒！」

「あっあああっ」

……スリッ。スリスリッ。

（なにをしているんだ、ばか！）

幸樹の中で、たがはずれた。ブチッとなにかが切れる音まで耳にしたような気すらする。

父親と呼ばれる男がその娘に、してはならないことをしていた。しかも相手は、いつもせつなく想いつづけた長女ではなく、ついさっきまで本当の娘のように思っていた愛らしい末娘だ。

そんな娘の無垢（むく）な肉割れを、気づけば幸樹は鼻息を荒らげ、スリスリと上下にいやらしくなぞる。

「あっ、ひゃん、嘘……な、なにこれ、アン、いや、あっあっ。あっあっあっ」

「はぁはぁ……おお、里緒……」

やめろ、やめろと、まだなお自分に怒鳴っているもうひとりの幸樹もたしかにいた。

だが、どんなに行為をやめようとしても、鎖を解きはなってしまった自分は、もうひとりの言うことにしたがえない。

甘酸っぱいうずきを放つ股間を持てあまし、勃起しはじめた男根に暗澹（あんたん）たる思いになりながらも、かわいい告白をしたやせっぽっちの少女に、禁断の欲望を膨張させてしまう。

（あっ……）

そのとき、ひとりの女がふいに脳裏に去来した。

美月だった。

妻ではなかった。

そのことにも、幸樹はたまらない罪悪感をおぼえる。

「くぅ、里緒！」

逃れようとしたのは、罪深い自分からだったか。

それとも美月の清楚な微笑か。

幸樹は激しく混乱しつつ、父親ならなにがあろうとしてはならないタブーな行為をさらにつづける。

「里緒、いいのか、こんなことしてほんとに」

「アァン」

華奢な娘におおいかぶさった。

鼻息を荒らげ、里緒のパジャマの上着から、ふるえる指でボタンをはずしていく。

「ひはあぁ」

パジャマの胸もとを左右に開けば、中から露（あらわ）になったのは、ういういしい花の蕾（つぼみ）のような乳房。

色白の胸もとに恥ずかしそうに盛りあがる乳は、より正確に言うなら、これから乳房になるはずのふくらみかけた肉塊だ。

よく考えるまでもなく、見てはならないものであり、生まれてはじめてナマでこんなおっぱいを見る。

抱きつかれたときに気づいてはいたが、やはりブラジャーなどつけていなかった。

リラックスしたパジャマ姿だから当然なのか、それとも部屋に必ず幸樹がやってくると確信してのことだったか、それはわからない。

「ハァン、パパ……」

「おおお……」

「あン。あああ」

だが、鷲（わし）づかみにした美少女の乳はとてつもなく熱く、スリッと擦れば、いやらしい乳首はビンビンに勃（た）っている。

里緒の乳芽は、母親の景子のようなデカ乳輪ではなかった。

ごく標準的なサイズの乳輪は、若さも相まって淡い鳶色（とびいろ）。

だがその中央からぴょこりと飛びだすまんまるな乳首は、生々しい紅色を鳶色の中に混ぜている。ひょっとして痛いのではないかとすら思ってしまうほど、鳶色の中の紅色は鮮烈だ。

「ハァァン、パパぁ」

「も、もうだめだ。こんなことされたら、パパ……パパっ！」

開花するにはまだまだ時間がかかりそうな乳の蕾を目の当たりにして、幸樹はあらためて絶望的な気持ちになった。

こんなことをしてはならないのだ。

いくら本人が求めてきたからと言って、今自分は侵してはならない禁断の領域に転がりおち、神をも恐れぬ所業を本格化させようとしている。

これはもう、地獄に堕ちることまちがいなしだ。

「おお、里緒」

「あっはあぁ」

ところが幸樹は、すでに理性を喪失していた。

行為をやめるという選択肢など、もはやない。

気づけばふくらみかけた乳の蕾に頬をよせ、本能に導かれるがまま、スリスリと頬ずりをする。

（うおっ、うおおおっ……）

「きゃん。ヒィン、あァン、パパ……あっ、きゃう。きゃう。いやだ、どうしよう、ち、乳首……パパのほっぺに擦れて。きゃん。ヒイィン」

（い、遺伝子……）

里緒のみずみずしい身体は、みるみる汗の微粒をにじませはじめた。

そして、幸樹が頬ずりをすればするほど、頬に擦られた乳首はさらにビンビンにしこり勃っていく。

「キャヒィン、パパ、あっあっ。いやン、恥ずかしい……ちょ……ヒイィン」

（遺伝子！）

頬ずりをするたびエロチックな声をあげ、里緒はビクビクとスレンダーな身体を痙攣させた。

そんなふうに反応してしまうことは、本人にとっても意外なようだ。自分の身体が不思議でならないとでも言うかのように、里緒はとまどい、恥じらいながら、卑猥な頬ずりにその身をのたうたせる。

幸樹はおもしろいほど過敏な反応に、ＤＮＡの不思議を思った。

母親の痴女ぶりを思いだすなら、里緒のこうした反応は決して意外ではない。もしかしたら、今の自分は本人以上に、この少女のいやらしい素顔を知っている可能性すらある。

(美月……)

またも脳裏に、清楚な美少女の笑顔がよみがえった。

では、美月はどうなのか。

もしかしたら、やはりあの娘も妹と同じように、母親のとんでもないＤＮＡを受けついでいるのか。

その可能性は十分ある。

比べるなら、里緒より美月のほうが母親と容姿がとても似ている。

ビジュアルの全然違う里緒でさえ、十字架のように受けついだ淫乱の血。若いころの景子と瓜ふたつの美月が、受けついでいないと考えるほうがおかしい。

(おおおっ……)

そう思うと、どす黒い肉欲はさらに何倍にも増した。禁忌な行為に身を染めているというだけでいつも以上の興奮をおぼえるのに、幸樹はますます淫らな欲望にとりつかれる。

「里緒、んっんっ……」

……れろん、ピチャ。

「きゃあああ。ちょ……い、いやだ、私ったら……っ」

幸樹は里緒の乳首を、舌でねろんとひと舐めした。それだけで、里緒はとり乱した声をあげ、派手にその身をふるわせる。

6

「おお、里緒、おまえ、すごく感じるんだな。んっんっ……」

……ピチャピチャ、れろん、れろん。

「きゃあああ。ちょ、ちょっと待って、パパ。あっあっ。あっあっあっ」

恥じらう少女に、幸樹はますます欲情した。

もはや畜生の世界に転落したことを自覚すると、なぜだか燃えあがるような性欲は、いよいよ度しがたいものになる。

「あァン、だめ。あっあっ。待って。待って待って。きゃあ。んっあああっ」

(ああ、エロい)

それは、聞いてはならないあえぎ声だった。

知ってはならない快楽だった。

月曜になれば、また制服を着て高校へと出かけていく少女を一匹の獣におとしめている。

信じられないほど昂った。

これは危険だと本気で思った。

それほどまでに、今幸樹がいるこの世界は、治外法権の全能感と、べっとりと粘つくうしろめたさに満ちている。

(だめだ。もうだめだ)

「あっはあぁ、あン、だめ、パパ……あああ……」

「はぁはぁ。はぁはぁはぁ」

ふたりをおおっていたかけ布団をはねあげ、里緒を全裸にしようとした。

上着を完全に脱がせると、パジャマのズボンも勢いよく、ズルズルと下半身からむしりとる。

(おおお……)

ついに幸樹の眼前に、神々しいまでの、未成熟な半裸身が露になった。

発育途上の里緒の肉体には、イチゴの絵柄がちりばめられた、愛らしいパンティ一枚しかない。

無駄な肉など、どこにもなかった。

やせっぽっちで、手も脚も胴も、ガラス細工のような繊細さを感じさせる。丁寧に扱わなければ壊れてしまいそうな危うさだ。

しかしそれでも、思っていたより尻が大きくなりはじめていた。

乳のいやらしいふくらみも、まだまだ子供とはいえ、確実に女の気配を示しだしている。

子供なのに、大人。

大人なのに、子供。

まさに、この年ごろの少女にしかないお宝ものの肉体が、汗を噴きださせて目の前に横たわっている。

幸樹は自分を見失った。

「おお、里緒、里緒おおっ！」

「きゃあぁ」

恥じらう乙女に有無を言わせず、長い美脚をガバッと左右に割る。

股の間に強引に陣どると、パンティに手を伸ばした。

見れば小さなクロッチには、早くも淫靡なシミがにじみだしている。幸樹はクロッチの端に指をかけ、下着をクイッとわきにやった。

「あァン、いやあ」

「里緒、パパ、もうだめだ。里緒、里緒」

……ぶぢゅっ。

「あああああ」

下着の中から露出したワレメは、子供じみたあどけなさに満ちている。だがそれでも、縦一条の裂け目があるだけというほど幼くもなかった。

淡い恥毛が陰裂の上にひかえめな生えかたで茂っている。

感触的にふかしたての肉まんのようだが、見た目もやはり、ヴィーナスの丘は肉まんを彷彿とさせた。

ふっくらこんもりと盛りあがる肉土手にくっきりと裂け目が入り、殻から飛びだす貝肉のように、ラビアの端がワレメからはみだしている。

しかも、恥裂からはみだすのは肉ビラだけではない。

パンティが濡れていた事実からもわかったことだが、里緒の媚肉はすでに猥褻な潤みを帯びていた。

ブヂュブヂュと大小さまざまのあぶくを浮かべ、濃厚な蜂蜜を思わせる愛液が、閉じた肉貝から分泌している。

「うああ。ヒイィン、パパ、ああ、パパ、だめ。いやン、いやいや。あああ」

「はぁはぁ……おお、里緒、んっんっ……」

「あああ。うあああ」

幸樹はそんな女陰にむしゃぶりつき、激しく舌を暴れさせた。

閉じた肉扉を強引にこじ開けようとするかのようなクンニリングス。いやがって暴れる少女を拘束し、ぬめる秘割れに怒濤の舌責めをお見舞いする。

「ヒイィン。いやあ、なにこれ。なにこれ、いやあ。違うの、違う、私、あああ」

(メチャメチャ感じてる)

思ったとおり、と言いたくなる里緒の過激な反応に、幸樹は恍惚とした。

まだ十五歳の娘――その身体はいまだ発育途上だというのに、母親のえげつない遺伝子は、すでにこの娘の一部である。

痴女だ。

この娘もまた、まぎれもない痴女。

男を知らない蜜園を舌で犯せば、里緒はあられもない淫声をほとばしらせ、これほどまでに感じてしまう自分におののいたように、何度もいやいやとかぶりをふる。

「はぁはぁ……感じるんだな、里緒。んっんっ……」

……ピチャピチャ、れろれろ、れろん。

「キャヒイィン。ち、違うの、パパ。違う、私、こんな……こんな、ああああぁ」

（イキそうだぞ）

見る間に里緒は、一気にアクメに加速しはじめた。

フンフンと鼻息を荒らげ、首すじを引きつらせ、たえまない痙攣をくり返しながら、文字どおりその身を七転八倒させる。

「里緒、里緒、んっんっんっ……」

……れろん、ピチャピチャ。れろれろれろ。

「あああああ」

幸樹は舐めた。

あどけなさの残る美少女のワレメを舐めた。

里緒の淫肉はいやらしくひくつき、まるで「いいの、いいの、これいいの」と随喜の涙でも流しているかのようである。

「あああ、パパぁ、パパあああぁ」

「はぁはぁ……んっんっんっ……」

……ピチャピチャ、れろれろ、ねろん。

「うあぁ。いやあ、どうしよう。パパ、見ないで。見ないでえ。あああああ」

「あっ……」

……ビクン、ビクン。

（おおお……）

ついに里緒は、オルガスムスに突きぬけた。ベッドをギシギシときしませて、絶頂の電撃に、派手に暴れる。

幸樹はそんな少女を解放し、後退してアクメの様子を鑑賞した。

「うぅっ、うぅっ、うっんんっ」

妖しく潤んだ少女の両目は、泣きそうにも見える。

よもやこんな展開になるだなんて、想像もしていなかったらしいことが、里緒の反応からは見てとれた。

右へ左へと身をよじり、手脚を別々に動かして悶絶する。

やせっぽっちの肉体の内側で次々と炸裂（さくれつ）する絶頂爆弾になすすべもなく、ビクビクと身体を痙攣させては、そんな自分に絶望でもしているような、恥じらいに満ちた顔つきになった。

「あぁン、いや、恥ずかしい……パパ……どうしよう、あああ……」

「里緒……」

里緒は何度もいやいやとかぶりをふった。

自分に羞恥しながらも、なかなか痙攣をやめられない。

スレンダーな肢体から、ぶわりと汗の甘露が噴いた。

甘ったるくて生暖かなアロマに顔を撫でられ、幸樹はあらためて、罪の意識におののいた。

第二章　ゆがんだ愛欲

1

「……どうした。具合でも悪いのか」

「えっ。ううん、別に」

美月は、幸樹からあわてて視線をそらした。

いつもと同じ、ふたりきりの朝食。

朝の弱い景子と里緒がいないこの時間は、美月にとってなにものにも代えがたい宝物のような時間である。

だがさすがに今日は、幸樹と向かいあい、なに食わぬ顔をして食事をしたり、会話を交わしたりするのが難しい。

　当然だ。

　おととい、美月がこっそり見てしまったとんでもない現場を思えば、それも無理からぬことだった。

「熱でもあるんじゃないか」

「へ、平気だってば」

　幸樹は本気で心配している。

　それが嘘ではないことは、美月にはわかった。

　だが美月は、額に手をやろうとして伸びてきた義父の指から顔を遠ざける。

　半分は恥じらい。

　もう半分は目の前のこの人を、どう扱っていいのかわからなくなっているからだ。

「そうか。無理するなよ」

「うん」

「…………」

「…………」

　幸樹はいつもと調子が違う美月を持てあましているようだ。

それ以上しつこいことはせず、美月の用意したいつもの朝食を黙って口に運んでは、コーヒーをすすった。

(信じられない。お父さんのばか)

はたして今、自分は涼しい顔つきができているだろうかと不安になりながらも、美月は平静をよそおった。本当は悲しくて、心はどんよりと重く苦しいが、おくびにも出さない。

それが、奔放な妹とは違う美月という娘だ。

信じられない光景を見てしまった魔の土曜日——部活のため、一度は登校したものの体調がすぐれず、美月は顧問教諭に諭されて帰宅した。

だが、里緒の部屋でくりひろげられていたのは、目を剝くような行為だった。

ひと目見るなり美月は口をおおい、音を立てないよう気をつけながら、ふたたび家を飛びだした。

体調は、決してよくなかったのに。

具合が悪いと言って寝こんだのは、仮病でもなんでもなかった。幸樹は「今日は、いったいどういう日だ。美月も里緒も……」と不思議がったが、里緒といっしょにしてもらっては困る。

こちらは本当に具合が悪かったのだ。

翌日。

つまり、昨日。

美月は我慢できず、里緒を糾弾した。もちろんそんなことがあっただなんて、姉妹ふたりきりの秘密である。

——だから言ったじゃない。

しかし、里緒は平気の平左だ。なにを今さらと笑うような表情で、開きなおって美月に言った。

たしかに、里緒は美月にそう言った。

——言ったはずだよ。私、パパが好きって。ママには黙っててねって。

そのとき、いやな予感がしたことは事実である。

だが、里緒はまだ十五歳。まさか、あんな大胆な行動に打ってでるとは、うぶな美月は思いもしない。

幸樹が好きという妹に、どうしたらいいのかと思いまどったまま、結局のところ打つ手もなく、里緒の好きにさせてしまったのであった。

(里緒、ケダモノみたいだった)

はじめて目の当たりにした妹の、ふだんとはまったく違う様子を思いだし、美月はたまらず顔を熱くする。

チラッと対面の幸樹を見るが、幸運にも気づかれていないようだ。おそらく今、自分の顔は赤くなっている。

正直に言おう。

母親と義父の夫婦の夜の行為の激しさには、とっくに気づいていた。その件について話したことはないものの、おそらく里緒も同じであろう。

当たり前だ。

母親にあんな声をあげられたら、いくら一階と二階で距離があると言っても、筒抜けもいいところである。

たぶん美月の実父とは、母はもう長いことセックスレスの暮らしだったのだろう。自分の母親が、夜の閨ではあそこまでいやらしく狂う女であることを、美月は母が幸樹と結婚して、はじめて知った。

はじめて知り、驚き、とまどい、そして——恥ずかしいが、股のつけ根にそれまで感じたこともない甘酸っぱいうずきをおぼえた。

そんなはしたない自分にうろたえ、美月は懸命に衝動をこらえた。

この歳になれば、もう美月だって知っている。

同世代の少年たちが周囲にいない気楽な環境であることもあり、クラスの女友達は、オナニーについての話題も恥じることなく話題にした。

だが、美月はそんな話題にはついていけず、いつも曖昧にお茶をにごしてその場を離れた。

そういう話をすることもいやなら、そうした行為におぼれることもたまらなくいやだった。

だから美月は、この歳になってもオナニーをしたことがない。

そう告白すると友人たちは一様に驚き、嘘だろうと言って信用しないが、神に誓って本当である。

なんだか悶々としてしまい、せつなく苦しい夜もありはするものの、美月は決して自慰などという恥ずかしいふるまいはできなかった。

たまらなくつらいときもないではないが、いつだって意志の力で乗り越えてここまで来た。

そんな美月の潔癖ぶりには、おそらく母のあられもない真の姿が関係している。

大切な親であることは事実だが、あの人と自分が実の母と娘であることは、美月にとってはちょっとした悩みだった。

自分がひそかに想いをよせる男性の妻があんな母親だと思うと、景子に対する思いはますます複雑なものになる。

そう。

そうなのだ。

美月は幸樹に恋心を抱いていた。

おそらく、最初にあったときから心を奪われていたはず。ようやく手に入れた、暴力をふるわないすてきな父親は、ファザーコンプレックスの強かった美月には、すぐさま恋の対象になった。

しかし、自分が抱いているこの気持ちが、とんでもなくタブーなものであることも、誰に言われるまでもなくわかっている。

幸樹本人に言えないことは当たり前。

相談できる相手すらいなかった。

そんな美月にしてみれば、里緒はやはり宇宙人だ。

自分と同様、幸樹に禁断の想いを抱いていたと知ったときは驚いたが、実力行使であっけなくあんな関係にまで進展してしまったことに美月は唖然とした。

だが里緒に聞いた話では、どうやら最後までは行かなかったようだ。
Ａ、Ｂ、Ｃ、という言いかたで言うならばＢまで。
次はいよいよセックスというところまで来て、幸樹はそこから先に進むことをためらったようである。

——里緒、おまえの気持ちはうれしいけど、パパ、やっぱりしてはいけないことをした。後悔している。許してほしい。こんなことをしてはいけなかったんだ。

あの日、幸樹はそう言って、里緒の部屋を飛びだしたのだそうだ。

里緒は最後まで許すつもりでいたらしいが、大人としての幸樹の理性が、最後の一線を越える手前でなんとか本人を踏みとどまらせたようである。

（ばか、お父さんのばか。ばかばか）

こちらを気にしつつも、平静をよそおって食事をつづける義父を、またも心で美月はなじった。

最後の最後で踏みとどまったのは褒めたいものの、そもそも最初から、あんな行為に手を染めるなんてあきれるにもほどがある。

（——っ。あなたが相手ならいいの、美月？）

そこまで考え、美月は胸を締めつけられた。

里緒にはだめで、自分にならよいというのは、言うまでもなく身勝手な理屈。要するに、ただ嫉妬をしているだけなのだと醜い自分を突きつけられ、美月はまたしても重苦しい気持ちになった。

（お父さん、私、いやだよう）

もしゃもしゃとパンをかじり、コーヒーを飲む中年男に心の中で訴える。

（いやだよう。里緒とあんなことするお父さん、きらい。不潔、穢らわしい、大きらい。ほんとよ）

抗議の気持ちをいっぱいにこめ、心で美月は義父をなじった。

だが、そうは言いつつ、どうしても本気で幸樹をきらいになれない自分がいる。このことで、幸樹に愛想がつけたらどんなにラクだろうと思いはするものの、あにはからんや、ますます美月は禁断の恋心を持てあました。

（つらいよう）

天をあおいで、ため息がつきたかった。だが幸樹の手前、そんなことはできない。

「あ、いけない」

美月は時間を気にしつつ、食事を急ぐふりをした。チラチラと気になる様子で、義父が自分を見ていることに気づきながら……。

（ああ、美月）

いったいどうしてしまったのだと、幸樹は自分を持てあました。

里緒とあんなことになってからというもの、あろうことかますます幸樹のゆがんだ愛と欲望は、目の前のこの娘に向けられてしまっている。

（見るな。見るな、ばか）

ありえないほどハレンチな自分に、穴があったら入りたい気持ちだ。

美月の胸のふくらみを見る目が、スカートの下でプリプリと揺れる大きなヒップに吸いつきそうになる視線が、今まで以上に下品でどす黒いものになっている。

なんだかんだと淫靡な妄想こそするものの、現実に美月とどうにかなれるなどとは、正直思いもしなかった。

だが、里緒とのありえない交わりのせいで、自分の中でなにかが変わってしまったことを、幸樹は認めざるをえない。

（だめだぞ。絶対にそんなことをしちゃだめだ）

あと片づけをはじめた美月の姿をさりげなく追いながら、幸樹は自分を戒めた。

無垢な少女を穢してしまうことの罪悪感は、先日の里緒との一件でいやというほど味わっている。

なにも知らない景子へのうしろめたさも尋常ではなかった。

こんな思いはもうたくさんだと心から思っている。

美月に対してよからぬ行為になど出てしまったら、もう自分は、一生後悔と罪の意識を背負って生きていかねばならないだろう。

ところが――。

(美月……ああ、美月!)

シンクで洗いものをする美少女のうしろ姿を、ほの暗い目つきでじっと見た。短めのスカートの裾から見える白い太ももが、いつにも増してまぶしい。

(おまえもか……やっぱり、おまえもなのか)

聞きたくても聞けないタブーな問い。

美月、おまえも痴女なのか。

母親や妹と同じ、卑猥な遺伝子の持ち主なのか。

(ば、ばか)

美月のうしろに犬のように手をついて、太ももを舐めている自分の姿が去来した。

しかも美月はそんな義父の横暴を許し、ギュッと目を閉じ、必死に耐え忍びながら洗いものをつづけている。

自分に都合のいい、身勝手な幻想。

里緒とあんなことがあってから、やはり俺はどうかなってしまったと、あらためて幸樹は慄然となる。

（誰でもいい。セックスがしたい）

焦げつく気持ちで思った。

景子を抱き、獣の声をあげさせずにはいられない。

まだ朝っぱらなのに、自分はなんということを――長い一日になりそうだと、幸樹は暗澹たる思いになった。

短いスカートの内側でいやらしくくねる美月の尻は、どうにかなってしまいそうなほど卑猥だった。

2

「先生、あの、話って……」

窓外の太陽は、すでに西の空にかたむいていた。小さな面談室に、茜色（あかねいろ）の陽光が射しこんでいる。

「う、うん」

「……？」

面談用のテーブルに、担任教師の河村と向かいあって座っていた。いつになくぎこちない男性教師の態度に、美月は違和感をおぼえる。

放課後。

ちょっと話があるからと言われ、部活への参加を前にここへと美月はやってきた。

一階の職員室の近くに、面談室はある。

曇りガラスの窓の外からは、女子サッカー部の部員たちがボールを蹴ったり檄を飛ばしあったりする声が聞こえてくる。

「……先生？」

「あっ。うん……」

首をかしげて、美月はさらに聞いた。

すると河村は、ようやく覚悟を決めたかのように、うつむきがちだった上体を伸ばしてこちらを見る。

二十八歳の独身教師。

スラリと細身でスマートな顔立ちのこの教師は、女生徒たちの間では学校一の人気教師だ。

たしかに見た目はとてもすてき。しかも超難関国立大学の出身で、頭のよさも折紙つきである。

女の子たちがきゃあきゃあ騒ぐのも、わからなくはなかった。

もっとも、どうやらファザコンらしい自分のような女には、歳が若すぎて残念ながらこれっぽっちもときめけなかったが。

「浜野」

ちょっと緊張した様子で、河村は美月を呼んだ。

「はい」

「……ああ、緊張する」

「……えっ？」

見つめあうと、ややあって河村はかぶりをふってせつなげに言った。

いつも明るく陽気で、冗談ばかり言っている。

そんな男性教師の、いつになくぎくしゃくとした様子に、美月はますます不可解な心地になった。

「あの……せんせ――」

「浜野、先生、はっきり言うな」

美月をさえぎり、もう一度、姿勢をただして河村は言った。

「は、はい」

「好きなんだ」

「…………」

「…………」

「……えっ？」

美月はきょとんとして目を見開く。

「す、好きなんだ」

「――っ。先生……」

「先生……おまえをひとりの女性として、じつはずっと意識している」

いつしか河村のととのった顔は、ほんのりと赤くなっていた。

ありったけの勇気をかき集めて告白したぞという感じで、せつなげに表情をこわばらせて、男性教師は美月を見た。

「……えっ、ええっ？」

美月はのけぞり、椅子の脚をギシギシときしませた。

こんな展開は正直想像もしていない。そもそも、進路の件で聞きたいことがあると言って、面談室に呼ばれたのである。

「すまん。こんなこと、急に言われたら驚くよな。あはは」

告白をしたことで、いくぶん緊張がおさまったのか。

河村はいつもの彼らしい陽気さを少しだけとり戻し、頭をかくまねをして、笑っておどける。

（あっ……）

「いえ、あの……」

河村が見せたさわやかな笑顔に、つい美月はドギマギした。

ついさっきまで、自分とはなんの関係もない世界にいたはずの男性教師が、いきなり別の存在に変わったことを美月は意識する。

（か、河村先生が……私を？）

思ってもみなかった告白に、パニックになっている。動転する少女の頭に、困ったように笑う義父の姿がよみがえる。

（お父さん……）

「浜野はいるのかい、好きな人」

やさしい笑顔とともに、河村は聞いた。

今まで一度として見たことのなかった、せつない想いをいっぱいににじませた表情。

不覚にも、キュンと胸がうずく。

「す、好きな人？」

そう言葉にしたとたん、またしても義父の姿が去来した。美月はとまどいながらも、曖昧にかぶりをふって顔をうつむかせる。

「いない……って思っていいのかな」

照れくさそうに、女生徒たちに人気の男性教師は言った。

美月の胸の奥で、とくんとくんと心臓が激しく鳴っている。もしかしたら、河村にも聞こえてしまっているのではないかと思うほどだ。

「いない……んだよね、浜野」

「あの……」

「ねえ、俺に告白されて、浜野はどう思ってる？」

それは、不安でならないという感じの声だった。

「先生……」

顔をあげて河村を見れば、案の定、笑ってみせてこそいるものの、表情は哀れなほどこわばっている。

「迷惑だったかい？」

「そ、そんな……」

きっと、思いきり勇気を出して告白してくれたに違いない。

基本的にまじめで、生徒思いの尊敬できる教師である。

担当は英語だが、父親の仕事の関係で子供のころイギリスで暮らしていたとかで、ほかの英語教師とは比較にならないほど、流暢(りゅうちょう)で美しいクイーンズ・イングリッシュをあやつる。

そんな河村の英語の美しさもまた、女生徒たちのあこがれと人気を助長していた。

(河村先生が私を……私なんかを)

心臓の鼓動はますます激しいものになる。

美月はうろたえ、またしてもうつむき、小さくなった。

男性に告白されたことなんて、今まで一度だってない。

小学生のころは男子たちからよくいじめられたし、中学時代になると一転、男子からはあからさまに距離を置かれた。

それは美月がきれいだからだよと慰めてくれる友人もいたが、そうは思えなかった。

自分なんて、さして魅力的な女性ではない。

ほかの女の子みたいに明るく男子と打ち解けられないいし、きまじめな性格がわざわいし、やることなすこと、男子たちには不評だろうとずっと思っている。

軽いノリだとか、勢いでどうだとか、そういうまねはできなかった。

中学時代、男女数人ずつで遊びに出かけたこともあったが、結局自分だけが浮いてしまい、居心地が悪かったことを昨日のことのようにおぼえている。

そんな自分が、まさかみんなのあこがれの教師から恋の告白をされるだなんて。

(どうしよう、苦しい)

できることなら胸を押さえ、うずくまりたいほどである。

美月はそんな自分を懸命に押し殺し、どうしたらいいのかわからなくなってまたしてもうつむく。

心の中には幸樹がいる。

いや、いるはずだった。

それなのに、みんなに人気の男性教師から告白をされただけで、これほどまでに動揺し、胸を締めつけられる。

（里緒のせい？）

いや、それとも幸樹のせいか——美月にはわからなかった。だが、ふたりのああした行為を見ていなければ、こんな自分ではなかった気がする。

美月はハッとした。

私はこんなにも不安なのだ。不安で、怖くて、誰かにすがりつきたくてたまらなくなっている。

「浜野、ごめんな」

やさしい声で、河村は言った。

椅子から立ち、小さなテーブルをまわってこちらに近づく。

なにをするのかと思いきや、美月のかたわらにひざまずいた。

「あっ、先生……」

真摯（しんし）な顔つきで、深々と頭を下げる。

（ああ……）

そんな河村に、またしても胸がキュンとした。

軽いノリだとか、勢いでどうだとか、そういうまねはできなかったはず。それなのに、思いがけない愛の告白を受け、この部屋に入ってくるまでとはまったく違った感情を、この人に抱いている。

（嘘……）

自分で自分が信じられなかった。

まちがいなく、おのれの感情のはずなのに、自分とは関係のないところで勝手に舞いあがっているもうひとりの美月がいる。

「浜野、驚いたね。ごめんね」

「あっ……」

申し訳なさそうに言うと、河村は美月の手をとった。

うやうやしく、プリンセスの手の甲にキスをする王子さながら。ほれぼれするスマートな挙措で、河村は美月の手にキスをする。

（いやだ……）

顔が熱くなった。恥ずかしさと、とまどいと、あとは——そう。これはまぎれもなく、甘酸っぱい喜びだ。

自分は今、河村にこんなふうに扱われて喜んでいると気づき、美月はますますうろたえた。

だが、決して河村のふるまいはいやではない。不安だった自分を受け入れてくれるシェルターが、とつぜん扉を開いた気がした。

(でも)

ちょっと待ってと、美月は自分に叫ぶ。

幸樹のことはどうでもいいのか。いや、そんなことはまったくない。今だって、美月は幸樹を愛している。

義父と恋人になって、イチャイチャできる自分を想像しただけで、身もだえしたくなるほどである。

そんな幸樹への想いと比べたら、今自分が河村に抱いている気持ちは、明らかに種類が違った。

しかし美月は、やはり浮きたつ。

寂しくて不安だった自分の前に、神様が遣わしてくださった「救いの手」にすら感じられた。

「浜野……」

「えっ……あっ、先生」

河村に呼ばれ、美月はようやく気づく。美月の手首を握ったまま、河村はそわそわと落ちつかない様子になっていた。

「せ、先生、きゃっ」

美月は思わず、小さな悲鳴をあげる。

河村がいきなり、美月の白い手の甲に、熱っぽく頬ずりをしてきたのだ。

3

（えっ、ええっ？）

反射的に、河村の指から手を引き抜こうとした。

しかし、河村は許さない。

さらに強い力で美月の指を握り、いちだんと熱っぽい挙措で、何度も頬ずりをくり返す。

「あ、あの、あの――」

「ああ、浜野……どうしよう、先生……いや、俺……こんなことをしてしまったら、おまえへの気持ちが、もうどうしようもなくなってしまって……」

……スリスリッ。スリスリスリッ。

「ちょ、ちょっと、せんせ――」

「ああ、浜野！」

「きゃああぁ」

それは、とつぜんのことだった。

美月の指を放すや、河村はすばやく美月に抱きついてくる。

「せ、先生」

「愛してる。浜野、俺……浜野を愛してる。ずっとずっと好きだった。んっ……」

……ちゅう。

「あああああ」

美月はうろたえた。

河村に、いきなりうなじにキスをされる。

そこにかかる黒髪をかき分けられ、あらがう隙すら与えられないほどのすばやいキスをくり出された。

（ちょ、ちょっと、美月！）

そんな河村の接吻にあられもない声をあげてしまい、美月はあわてて片手で口を押さえる。

まさか部屋の外まで聞こえてしまいはしなかったかと、恥ずかしさのあまり、一気に顔が熱くなる。

「おおっ、けっこう感じやすいんだな、浜野」

河村は驚いたようにのけぞり、両目をギラギラと輝かせて美月を見た。

「違います。違う。これは、あの――」

マジマジと見つめられ、いたたまれなさがつのった。

美月は髪を乱してかぶりをふる。河村の視線が耐えきれず、逃げるように顔をそむければ――。

「おお、浜野！」

……ぶちゅっ。

「きゃあああんっぷぷぷぅっ」

またしても、強い電気が首すじから股間へ、四肢の末端へとビリビリと突きぬけた。

自分の身体に起きているびっくりするような出来事に頭が真っ白になる。股間まで一気に落ち、そこをジンジンとうずかせる淫らな電撃に、美月はパニックになりつつ、とにもかくにも片手で自分の口をおおう。

(嘘でしょ……嘘でしょおおっ)

「おお、信じられない。はぁはぁ。おまえみたいに清楚な子が、こんな敏感な身体を持っているなんて」

こいつはいいことを知ったとでもいうような興奮した顔つきになり、河村はますます淫靡にその目を光らせた。

美月は動揺する。

敏感な身体。

敏感——。

いやでも脳裏によみがえるのは、幸樹との夜の床でいやらしいケダモノになる自分の母親。

そして、信じられなかったあの日の里緒である。

(まさか……まさか！)

「きゃあああ」

またしても、美月は派手に身体をふるわせた。許しも得ずに河村が、制服のブラウスの上から美月のおっぱいを鷲づかみにしたのだ。

ただそれだけで、またしてもすさまじい快感の電気が美月の乳から全身にひろがる。

「うおおっ……はぁはぁ……は、浜野、だめだ。俺……こんな、いやらしいおまえを知っちゃったら……もう……もう——」

「ひゃっ」

……もにゅもにゅ。もにゅ、もにゅもにゅ。

「あァン、だめ……いやです、先生。いやいや、んあっ、やめて……手を……手を放してください……っ」

「む、無理だよ、浜野。はぁはぁ……ごめん。でも、無理。無理なんだ」

「ハアァン」

中腰になった河村はわきから身体を密着させ、せりあげる手つきで美月の乳房を揉みしだく。

しかも、ただ揉むだけでなく、指を動かし、スリスリと服の上からねちっこく何度も乳首をしつこく擦る。

「あぁん、んっぷぷう。んぷぷっ。んぷぷぅっ」

右へ左へと乳首を擦りたおされるたび、意志とは関係なく、火花の散るような電気が乳からひらめいた。

知らなかった。

乳首をさわられるとは、これほどまでに気持ちのよいものだったのか。

オナニーすらしたことのなかった美月には、完全に未知の世界だった。

しかも、おそらくこの快感は里緒とふたり、母親から分けあたえられたものの可能性が高い。

「は、浜野、ごめん。こんなことまでするつもりはなかったんだ。でも……でも！」

「あああ。だめ、先生。えっ、ええっ。あああっ」

椅子に腰かけたまま、美月は激しく抵抗した。

だが、これが男と女の力の差なのか。どんなにあらがい、いやがっても、河村にはものの数ではない。

「あァン、だめ。先生……あ、そんな、うああンッぷぷぅっ！」

とうとう河村の指は、美月のスカートにもぐりこんだ。

なんとかパンティだけは阻止したが、そのお返しのようにぴたりとクロッチに指が吸いつく。下着の上からネチネチとクリトリスをいやらしく何度も擦られる。

「はぁはぁ、浜野、はぁはぁはぁ」

……もみもみ。もみもみ、もみ。

「あっんっぷう。うああぷぷうっ」

（いやあ、困る。困る、困る。お父さん、お父さああん）

美月は自分の身体が信じられなかった。

なんだ、この快感は。

どうして、こんなに感じてしまうのだ。

河村の指と淫核の間には、薄いとはいえパンティの生地が一枚ある。

それなのに、河村が下着の上から牝芽をあやすたび、電極でも押しつけられたような刺激がひらめき、美月はたまらず椅子の上で跳ねおどる。

「んあっ。んああっ」

「おおお、浜野、おまえ……」

「ち、違うんです。先生、違うウゥ。あァン、やめて、やめて。あああっぷぷぅ」

(誰か、誰かあああ)

思いがけない出来事の連続に、美少女はパニックになった。

恋の告白はまだいい。

いいとしておこう。

だが、いきなり身体を求められるのもありえなければ、そうした河村の横暴なふるまいに、意志とは裏腹に、敏感に反応してしまう自分の肉体も――。

(ありえない。ありえないよう。誰か、誰か、お父さああん)

心で助けを求めるのは義父だった。

しかし美月は、ふと気づく。

幸樹とこんな展開になることはきっとないだろう。だが万が一、こうした行為になったとしたら、自分がこんないやらしい身体の持ち主であることを、幸樹に知られてしまうことになる。

(い、いや。それだけは、それだけはああ)

「おお、浜野」

……スリッ。

「ヒイイィ」

椅子の上で、美月は尻まで浮かせて跳ねあがった。

河村がパンティのクロッチをわきにやり、剝きだしにしたクリ豆をスリッと指であやしたのだ。

(嘘でしょ)

美月は恐怖にかられた。クリトリスを触られただけで、頭の中まで真っ白になるような電撃がはじける。

電撃は、うしろめたい快美感をともなった。

脳へ、四肢の端々へと何度も突きぬけ、同時に股間もキュンキュンと、信じられない強さで甘酸っぱく締めつける。

(だめ。だめだめ。だめだめだめええっ。こんなのいやだよう)

「くぅ、浜野、信じられない。おまえみたいなかわいい子が、こんなにエロい身体だなんて、俺、もう我慢が……我慢が！」

……スリスリッ。

「ヒイイィ。んっぷぷぷぅっ」

美月はまたしても、椅子の脚をきしませて跳ねあがった。自分が今、この教師に見せているはしたない姿に、絶望的な気持ちになる。

「見ないで。先生、こんな私、見ちゃいや。恥ずかしい……恥ずかしい！」

「浜野、かわいいよ、かわいいよ。ああ、浜野」

……スリスリ、スリッ。

「ハヒイィ、ぷぷぷっ」

(いやあ、恥ずかしい。やめて、そんなことしないで。誰か、誰かあああ)

「浜野、はぁはぁ。浜野、浜野、浜野」

……スリスリスリ。スリスリスリッ。

「ヒイィン、ヒイィィ」

(気持ちいい……ば、ばか、そんなこと思っちゃだめ！)

クリトリスをねちっこく愛撫されればされるほど、気づけば次第に、思うように身体が動かなくなってくる。

河村の責めから逃げなければと思うものの、思いはかけ声だけで終わる。どんどん頭がぼうっとし、身体から力が抜けていく。

「はぁはぁ……浜野、な、舐めたい……」

「……えっ、ええっ？」

とつぜんの河村の求めに頭をぼうっとさせながらも、美月はギョッとした。

(舐めたいって……えっ、まさか……っ)

なにを言われているのか、よく動かなくなりはじめた頭で必死に考える。だがどう考えても、こんな場所で担任教師からされてよい行為では、それはない。

(い、いやっ。いやあああっ)

「先生、だめ。許してください。許してえ……」

「だめなんだ、浜野。俺、もうおかしくなりそうで……」

「いやあああっ」

どうやら本気らしいと、美月は慄然とした。顔を真っ赤にした河村は、美月のスカートの中に両手を突っこむ。

「フンフン。フンフンフン」

教師はすごい鼻息になっていた。

パンティの縁に浅黒い指がかかる。強引な力で、一気に美月の股間からずり下ろそうとする。

「先生、いや。いやです」

美月はあわてて、そうはさせじとした。

脱がせようとする河村にあらがって、なにがあろうと阻止しようとパンティをつかむ。

「浜野、頼む。お願いだ。くっ……」

……ミシッ。

「ああ、いや。やめてください。脱がしちゃいや、先生、先生」

脱がせようとする教師と、抵抗して力を入れる美月。

互いの力が拮抗し、穿いていた純白のパンティが、ミシッ、ミシミシッと、今にも裂けそうな音を立てる。

「くっ、浜野……」

……ミシッ。ズリッ。

「あああ、いや。だめです。だめだめ。やめて……」

（ああ、脱げちゃう。パンツが、パンツが。いやああ）

どんなにがんばっても、やはり男の力にはかなわない。パンティをつかんで引っぱりあげる両手がだんだんしびれてくる。パンティが脱げはじめ、ヴィーナスの丘の上部が、少しずつ露になりだした。

（い、いやあ。いやいやいやああ）

「おお、浜野……」

「先生、本当にやめてください。お、大声……大声、出しますよ！」

「頼む、浜野。頼むからそれだけは――」

――ドカンッ！

「きゃっ」

「うわっ……」

そのとき、いきなり校庭とをへだてる曇りガラスになにかがぶつかった。大きな物音と振動に驚き、美月が悲鳴をあげれば、河村も動きを止める。

「いやあ……」

「あっ、は、浜野……」

その一瞬の隙を、美月は逃さなかった。

尻をずらして椅子から下りると、面談室の出口に向かって脱兎の勢いで駆ける。

おそらくサッカーボールではあるまいか。駆けよってきた部員が、失礼しましたと、こちらに声をかけたのがわかった。

「待って、浜野」

「し、失礼します」

待てと言われて、おとなしく止まれる状況ではなかった。

美月は荒々しく引き戸を開けると、おざなりな挨拶を残し、人気の少なくなった廊下へと一目散に飛びだした。

(最悪だよう)

はぁはぁと息を切らし、走ってはならない廊下を猛然と走る。

いったいなにごとかと、見知らぬ生徒たちが左右に飛びのいて、そんな美月をみんなで見ていた。

第三章　運命の中出し射精

1

「なんか機嫌いいじゃん、里緒」

「あ……別に……」

部活を終えて家路に就くと、同級生の柴浦拓（しばうらたく）がニヤニヤしながらつきまとってくる。

里緒はうんざりしながら、いつものように鼻であしらった。

こいつがこんなふうにちょっかいを出してくるのはいつものこと。頭の悪さを物語るかのように、どこかから空気が絶え間なく抜けているようなばかっぽい顔をして、ヘラヘラと笑いかけてくる。

「あ、わかった！」

拓はいきなりすっとんきょうな声をあげ、両手をパンとたたいた。

「生理、終わったんだろ」

「はあ？」

里緒は足を止め、嫌悪感を隠そうともせず、顔をしかめて小首をかしげる。

「わかってる、わかってる。生理ってイライラするもんな。俺の姉ちゃんもそうなんだ。毎月生理っていうと、親父（おやじ）にもお袋にも怒鳴りまくって……って待てよ、おい」

ばかばかしくなって歩きだせば、拓もまたダッシュで近づき、里緒のまわりをうろうろする。

「ついてこないでよ」

「あほ。俺もこっちなんだよ、うち」

「引っ越して」

「親に言え。ていうか、生理お疲れ」

「生理じゃない」

「またまたあ」

なんでこんなばかと愚にもつかない話をしなければならないのだろうとうんざりし

つつ、里緒はため息をついた。

正直に言うなら、拓との学力は似た者どうし。中学時代からの同級生で似たような学力だったため、進学した高校も同じになった。

里緒は姉の美月のように、優秀な頭脳に恵まれて生まれたわけでは決してない。どんなにがんばっても成績があがらず、中学生のころは下から数えたほうが早いぐらいだった。

そして、そんな里緒と同じような順位にいつも、拓もいた。

そういう意味では、腐れ縁の少年だ。

「じゃあ、なんでだよ、その機嫌よさそうな顔は」

なおもヘラヘラと笑いながら、拓は里緒にしつこく聞いた。

顔立ちは決して悪くはない。だが頭のネジの足りなさが、やはり表情に影響していた。

どこか薄らばかなのだ。

ときには里緒のほうが拓より成績が悪いこともないではなかったが、少なくとも自分の顔立ちは、ここまでネジが足りなさそうではないはずだという自負が、里緒にはある。

「別に、機嫌なんて——」

「よさそうじゃんよ、メチャメチャ」

からかうように、拓はツッコんだ。これ見よがしに顔をのぞきこまれ、里緒は舌打ちして、拓を突き飛ばしたくなる。

だが——。

(そんなに機嫌よさそうに見えるんだ、私)

つきまとう拓にうんざりしつつ、里緒はちょっとだけ感心する。

鋭いな、こいつ。

たしかに、思いあたる節はある。

思いあたるどころか、ありありだ。

幸樹とふたりきりの土曜日。勉強部屋でくりひろげられた灼熱の時間を思いだし、里緒はほっこりとした。

(このぶんだと、パパと私、絶対に……っ)

そんな確信のようなものまで、ひそかに里緒は抱いていた。

ただ、あの日は展開が性急すぎた。

幸樹のまじめな性格を思えば、いきなり初日から行くところまで行こうとするのは無理があった。

残念に思う気持ちはあったが、同時に里緒は最後まで行かなかったこと、幸樹がそれを拒んだことを、彼女なりに評価していた。

だからこそ、パパが好きと。

あんなママより、私がパパをもっともっと幸せにしてあげると。

「やっぱ、メチャメチャうれしそうじゃん」

またしても顔をのぞきこみ、拓がニンマリとする。

「顔、近すぎ」

「わたたっ」

ドンと押せば、少年は大げさに両手をふりまわし、かかしのように片足で立ったまま、ピョンピョンと跳ねた。

「ばか」

その滑稽な動きに笑ってしまいそうになる。里緒はこみあげる笑いを押し殺し、無表情をよそおって顔をそむけた。

「ウケただろ。なあ、ウケた？」

「ウケない。どいて」

「ウケたくせに。今、笑いそうになったくせに」

「向こう、行け」

「家、こっちなんだよ」

「引っ越して」

「親に言え。なあ、ウケた？」

足早に歩く里緒のまわりを、拓はふざけてグルグルと駆けまわる。

（ばか菌に汚染されそう）

ひゃひゃひゃひゃと軽率に笑う拓に心の底からあきれ、里緒は天をあおぎ、これ見よがしにため息をついた。

（助けてよ、パパ、あっ……）

心で幸樹を思ったとたん、不意打ちのように股のつけ根がキュンとした。

あの日、幸樹の指で感じさせられた、驚くほどの気持ちよさが脳裏によみがえり、里緒は全身に鳥肌を立てる。

媚肉だけでなく、肛門までもがキュキュキュッとうずいた。

（もう一度……したい）

誰にも言えないほの暗い欲望が、臓腑（ぞうふ）の奥からせり出してくる。

エッチがしたいと言葉にして思うと、淫らな思いは火焔になり、さらにメラメラと大きくなる。

今度こそ最後まで行きたい。

十五歳の私をあげると、焦げつく気持ちで里緒は思った。

（お姉ちゃん……）

そして同時に思うのは、自分とはなにもかもが違う、才媛で美人な姉のことだ。

これは、美月が言ったことではない。

あくまでも女の勘である。

だが、里緒は思った——もしかして美月も、幸樹に淡い想いをよせているのではないだろうか。

幸樹のことについて話した先日の姉とのやりとりで、ふと里緒はそのことに気づいたのである。

（渡さない）

そう思った。

（だってお姉ちゃん、私にないもの、いっぱい持ってるじゃない）

そうも思った。

いつもは意識していなかったが、自分が美月に対して抱いている気持ちの本音の部分を、突きつけられた心境になる。

(お姉ちゃんにだけは渡さない。私のほうがパパにあってる。絶対、そうだもん)

「なあ、ウケた？」

「まだいたの？」

じゃれてくる拓になおも冷たい反応をしながら、里緒は心で思った。

なるべく早めに、大好きなあの人をあと戻りできないところにまで引っぱりだしてしまわなくてはと。

2

(なにかあったのかな、美月)

なかなか寝つけなかった。

夫婦の寝室として使っている一階の和室。隣の布団では景子が、静かな寝息を立てて寝入っている。

このところ景子は、コンビニのパートで知りあったという似た年ごろの主婦と交流することが増えていた。

なんでも主婦の夫が浮気をしているとかで、その相談に乗るうちに意気投合したようである。

そんな景子は、今日も女友達と夕飯を友にし、酒まで飲んで帰ってきた。

もともと深酒をしやすいタイプだが、その女友達も酒豪らしく、今夜もへべれけになり、足もとをふらつかせて帰宅した。

夕飯の世話は今日も美月が引きうけ、文句も言わずに用意してくれた。

里緒からは「たまにはガツンと言ってやればいいのに」と、母親について意見されたが、幸樹は「いいんだよ」と里緒を制し、かわいい娘ふたりと夕食をとった。

たしかにこのごろ、景子は娘や自分をほったらかしにしがちだった。

だが幸樹は、注意しようとは思わない。

景子という大事な妻がありながら、心の奥底で美月を意識してしまっているのがいちばんの理由。

ありていに言うなら、罪悪感だ。

しかも、ことはさらに厄介になった。

そんな罪の意識に加え、あろうことか幸樹は、まだ十五歳の里緒に淫行を働いてしまったのである。

美月ならまだいい。

いや、決してよくはないが、心にかかっている娘にしてしまったのなら、まだ物語はわかりやすい。

ところが、手を出したのは美月ではなく里緒なのだ。

真摯なものだった美月への想いまでもが、いい加減なものだったと思われてもしかたのない、いいわけしようのない行為に手を染めてしまったのである。

最後まで行ったとか行かなかったとかは、正直重要ではなかった。現時点で、幸樹はしてはならないことをしてしまっている。

そうしたことまでもが罪悪感に加わって、幸樹は景子に強く出られない。ごめんな、景子と心で思いつつ、妻の好きにさせていた。

そして、もっと言うなら、景子の素行より、幸樹には気にかかることがある。

美月である。

(やっぱりおかしいよな、あいつ)

愛娘の様子を思いだし、幸樹は不安になった。

正確に言うなら朝から変だったが、学校から帰ってきたら、さらに挙動不審な感じが増していた。

いつもと同じにふるまおうとしていることはわかる。

だが悲しいかな、なにかにとらわれているらしく、やることなすことがぎくしゃくとしていて、いつになく失敗も多かった。

温めすぎた味噌汁が片手鍋の中で煮立っていることにも気がつかなければ、ご飯をよそおい終えた電子ジャーのふたも開けっぱなし。

炊事には興味がなく、いつでも姉に任せっぱなしの里緒からすら「どうしたの、お姉ちゃん」と指摘されてしまうほど、今夜の美月は心ここにあらずだった。

（なにかあったのかな）

すやすやという妻の寝息を聞きながら、まんじりともできずに幸樹は心配した。

どう考えても、なにかあったらしいことはまちがいがない。

だが、いったいなにがあったというのだ。

好きな女の謎を思う男の考えることは、いつだって、どんな時代だって変わらない。

もしかしてどこぞの男があいつによからぬことをなどと、つい男がらみで心配し、いても立ってもいられなくなる。

本当は男なんて全然関係なく、理由はまったくほかのところにあるかもしれないというのに。

（心配だな……えっ？）

今夜は寝つけそうもないなとため息をつき、闇の中で寝返りを打とうとした。

幸樹はギョッとする。いきなり部屋の引き戸が、すっと横にすべったことに気づいたのだ。

（あっ……）

そちらを見て、息を呑んだ。

里緒である。

パジャマ姿の里緒が、音を立てないよう気をつけ、母親の様子をたしかめながら部屋に入って引き戸をもとに戻す。

（お、おい。おいおい……えっ）

どういうことだとうろたえた。

だが、里緒が忍びこんできた目的はすぐにわかった。

景子がぐっすりと眠っていることを確認した里緒は、闇の中で自分の夜着を脱ぎはじめる。

（ちょ……ちょっと、えっ、ええっ？）

大胆にもほどがあるふるまいに、幸樹は唖然とした。かたわらの畳に立つ娘に、激しくかぶりをふって意志を伝えようとする。

しかし、美少女は意に介さない。

そんな幸樹にいたずらっぽい笑みで答える。

パジャマを脱ぎすて、パンティ一枚だけのエロチックな姿になる。

（冗談だろう。ええっ？）

里緒は茶目っ気たっぷりに首をすくめた。

かわいく口から舌を飛びださせる。

（うわあ……）

フリーズして固まる幸樹に愛らしく微笑(ほほえ)んだ。かけ布団をあげ、父親の隣にぴたりと半裸身を密着させる。

3

「里緒……」

「えへへ。来ちゃった」

互いにささやきで言葉を交わす。気になって妻を見れば、景子は小さないびきさえかきはじめていた。

「き、来ちゃったって、おまえ……」

「お返し」

「……えっ」

「パパに、この間のお返し、してあげる」

「お、お返し……うわっ」

思わず声をあげてしまう。

幸樹はあわてて口を押さえた。

信じられないことが今夜も起きた。里緒の手が、パジャマのズボン越しにやわやわと幸樹の股間をまさぐりだす。

「おい、里緒」

「勉強したよ、私」

ぴたりとわきから身体をくっつけ、甘えるように幸樹を見つめて少女は言った。

「勉強した。どうしたらパパが気持ちよくなるか」

「里緒」

「恥ずかしいけど、してあげる」

「わっ……」

それは幸樹ではなく、自分自身に言ったようにも聞こえた。母親を気にしつつも、里緒はかけ布団をはねあげて移動する。幸樹のわきを下降するや、父親のパジャマのズボンを脱がせようとする。

「いや、ちょ……」

「おとなしくして。起きちゃう」

里緒はささやき、景子を意識する表情になった。幸樹は反射的に押しだまり、またしても隣の妻を気にする。

（ああ……）

里緒はその隙を逃さなかった。

してやったりというタイミングで、父親の股間からズルズルと、下着ごとズボンを下ろす。

闇の中にあっけなく性器を露出され、幸樹は上体を起こし、ズボンをもとに戻そうとした。

（やめてくれ）

そういうことだったのかと、今さらのように理解した。言われてみれば、たしかに今夜の里緒の態度は意味深長だった。

なんだか楽しそうにニコニコとし、美月にわからないように、なにか言いたげな目つきでこちらを見ては顔をそむけた。

あれは今夜、行動を起こすよという、里緒なりの意思表示だったのか。

「あン、パパ……」

「うわっ、おい……」

里緒は強引とも言える乱暴さで、幸樹の下半身をまる裸にさせた。

来るなと太ももを閉じようとしたが、もう遅い。

少女は義父の股を開かせ、股間に陣どった。

「っ……」

とまどったように陰茎を見たものの、ひるむ自分に発破をかけるようにくちびるをかみ、細い指を男の恥部に伸ばしてくる。

（わああっ）

「はうう、パパ……パパ……」

（えっ、ええっ？）

幸樹は目を見開いた。

自分が見ているものが信じられない。

（頬ずり）

里緒は、まだピクリともなっていない陰茎に、いとおしそうに頬ずりをした。

あふれだす想いを訴えるかのように、かわいい顔を惜しげもなく、スリスリ、スリスリと肉棒に擦りつける。

「パパ……パパ、はぁはぁ……パパぁ……」

（かわいい……ば、ばか、なにを思っているんだ！）

不覚にも、またしても父性本能をうずかされた。

なぜだろう。景子の手引きではじめて娘たちに会ったときのことが、いきなり思いだされる。

美月は幸樹を見て、きまじめに挨拶をしたものの、居心地悪そうにモジモジとしていた。

多感な時期を迎えた少女なのだから、無理もないと正直思った。

だが、妹の里緒のほうは無防備だ。

まるで以前から知っていた男に向けるような親しげな笑みを浮かべ、初対面のときからフレンドリーに接してきた。

そしてこちらも不要な感情がないぶん、里緒にはぎくしゃくすることもなく、自然に対することができた。

するとまた里緒も、ますます遠慮なく幸樹に甘えるという、ある意味幸せな相乗効果だった。

この娘との関係は比較的早く、こなれたものになったのだった。

幸樹を見あげ「えへへ」と笑いかけてきた、はじめて会ったときの里緒を思いだし、幸樹は甘酸っぱく胸を締めつけられた。

(かわいい笑顔だった)

あくまでも、あるいはどこまでも父親としての感情だったはずのこの娘への思いが、とつぜん変質してまがまがしいものになりはじめる。

……ピクン。

(まずい)

「あっ……パパ、感じるのかな。ち×ちん、ピクピク言いだしたよ」

「いや、それは。ああ……」

年端のいかない娘でも、ダイレクトに性器に頬を擦りつけているのだ。陰茎の淫らな反応に気づかないはずがなかった。

　里緒はとまどいと淫靡な喜びがいっしょくたになったような表情になり、今度は指にペニスを握ると――。

「わあっ……」

（嘘だろう）

　あろうことか、口から舌を飛びださせ、中年男の肉棹を、アイスクリームでも舐めるようにペロペロと舐めだした。

「あン、パパ……いいんでしょ、男の人ってこういうのが……あれ、あんまり気持ちよくないのかな……いいんだよね、これで」

「おお、里緒、そんな、おおお……」

　……ピチャピチャ。れろれろ、れろ。

　それは、どこまでもつたない舌遣い。

　いかに景子の淫戯がたくみかを、今さらのように思い知らされるぎこちないフェラチオだ。

　ところが――。

（な、なんだ、これ。なんだ、これは……）

それなのに、幸樹はうろたえた。

ザラザラした舌が亀頭に食いこむ。

マッチでも擦るように少女の舌が跳ねあがるたび、腰の抜けそうな快美感が股間からひらめいた。

（ああ、あんな顔をして）

ペニスを舐める娘の顔を見た幸樹はよけいに昂る。いつも愛らしい娘が真剣な顔つきで、無様なほど舌を飛びださせている。

ネットで調べたのか、それとも友人に聞いたのか。

卑猥なテキストを参考に男の一物を舐める里緒は真剣になるあまり、見られることなどまったく意識していない。

今まで一度として目にしたことない顔つきだ。

思いきり舌を飛びださせるせいで、左右の頰がえぐれるようにくぼんでいる。鼻の下の皮がいやらしく伸び、里緒にも似合わぬ品のなさをかもしだしている。

（里緒）

だが、それがよかった。

不覚にも幸樹は興奮した。

誰にもしたことがないだろういやらしい行為を、自分なんかのために必死にやってくれていると思うと——。

(うおおっ。うおおおおっ……)

ざらつく舌に舐められる鈴口は、びっくりするほど敏感になった。れろん、れろんと食いこんだ舌が跳ねあがるたび、しぶくかのような快感が、股のつけ根から四肢の隅々へ、脳天へと突きぬける。

(ま、まずい!)

「んっんっ……あっ、パパ……えっ、そうなの。えっ……えっえっ……」

(なんてこった)

自分の情けなさに、幸樹は絶望的な気持ちになった。

この子は娘。

しかも、美月ではない。

妹の里緒。

里緒にはなんら、特別な感情はなかったはずではないか。

それなのに——。

「わあ、パパ……おっきくなってるよう。おっきくなってるよう。うわっ、うわあ」

「里緒、すまん。ああ……」

すまんというのもおかしな話。勃起させようとしたのはこの娘であり、今さらうろたえられてはこちらが困った。

だが、幸樹は自分のふがいなさを懺悔したかった。

里緒だけでなく、自分を信じ、愛してくれているすべての人に、土下座をしたいほどの罪悪感にかられている。

しかし、それでも勃起した。

(なんてこった)

もう一度、同じことを思った。

心を支配するのは暗澹たる思い。

ところが、肉体は一気に熱を持った。どす黒い情動をブスブスと噴きださせ、衝きあげられるほど欲情する。

「えっ、ええっ。パパ……ち×ちん……えっ……ええっ？」

反り返った極太に、里緒は目を白黒させた。

しかし、それも無理はない。

巨根なのだ。

特にこれと言って誇れるものもない平凡な小市民。

そんな幸樹に、しいて自慢できるものがあるとしたら、人並みはずれたペニスの大きさだ。

平時はそうでもないが、勃起をすると軽く十五センチか十六センチにはなる。

しかも、ただ長く大きいだけでなく、見た目も野性味を感じさせる。

胴まわりも太い。

ゴツゴツと、赤だの青だのの野太い血管を浮きあがらせ、我ここにありと暗紫色の亀頭をひくつかせて自己主張をする。

「おお、里緒……っ」

「きゃっ」

幸樹は起きあがると、里緒の手首をつかんで立ちあがらせた。困惑したようにこちらを見あげる里緒を引っぱる。

「ああ……」

ふたりして、音を立てないよう気をつけながら景子を見た。

「すぅ……すぅ……」

(くっ!?)

酔った景子は小さな寝息を立て、なにも知らずに眠っていた。

4

和室のふすまを閉め、廊下を進んだ。

愛娘を一階のリビングルームに連れこんでいる。十二帖(じょう)ほどのそこは、家族四人ですごすと決して広々とはしていない。

部屋の隅に大画面の薄型テレビを置き、それにあわせてローテーブルと革張りのソファセットを配している。

パンティ一枚の姿だった里緒から最後の下着を脱がせると、幸樹は娘をふたりがけのソファに座らせた。

「ひゃん」

身体を引っぱって、ほとんど仰向けの体勢にさせる。

二本の脚を、ガバッと大胆なM字姿に開かせた。

「ああぁ。パパ、アァン、パパぁ」

「里緒、ああ、里緒っ」

（おおお……）

乙女のもっとも恥ずかしい部分が、なにひとつさえぎるもののない状態で露になる。今夜も里緒の淫肉は、気軽に見てはならないあどけなさを感じさせた。

やわらかそうに盛りあがる秘丘に、禁断の裂け目が淫らな花を咲かせている。みずみずしい妖華は花びらをひろげ、貞淑に隠していなければならないピンクの肉園を義理の父の目にあまさずさらす。

「パパ、恥ずかしいよう」

「おお、里緒、うっ」

――ぐびっ。

幸樹はたまらず唾を飲んだ。

開いた恥裂は小ぶりな蓮（はす）の花のよう。思わず拝みたくなる桃色の園は、すでにねっとりと卑猥なぬめりを帯びている。

ワレメの下部ではヒクヒクと、胎内へとつづく肉穴があえぐように開閉した。

膣口が開いては閉じるたびごとに、ブチュッ、ニヂュチュッと濃厚な蜜をにじみださせる。

「おおお、たまらない。里緒、里緒っ！」

……ぶちゅっ

「ヒイィン。あぁン、パパ……パパァァ……」

幸樹は息苦しさをおぼえながら、愛娘の牝肉にむしゃぶりついた。

舌を飛びださせ、サディスティックに膣穴に突きさせば、それだけで里緒は強い電気でも流されたように尻を跳ねあげ、ソファの上で身もだえる。

まだ十五歳なのに。

ついこの間まで、子供だったのに。

いや、今だって子供。

まだまだ子供。

それなのに、幸樹は——。

(ああ、俺……里緒のオマ×コを舐めている!)

「里緒、ああ、里緒」

……ピチャピチャ。れろん。ねろねろねろ。

里緒の陰唇に舌を這(は)わせた。

「うあはぁン、パパ、どうしよう。ねえ、エッチな娘だって思わないで」

ビラビラを左右にねぶり分け、夢中になって膣粘膜の園を舌で犯せば、里緒はさらに尻をもじつかせ、ソファの上で艶めかしくあえぐ。

しかしその表情は、見ればなにか言いたげだ。

目があうと、キュートな少女は言った。

「パパ、私、幸せだよう」

「里緒……」

いったい何度、義父の胸を締めつけるつもりなのか。あまりにかわいい里緒の告白に、幸樹はますます自分を見失いそうになる。

「幸せ。幸せ。ねえ、パパ、好きにしていいよ。私のこと、パパの好きに――」

「おお、里緒っ」

……ぶちゅちゅちゅ。ねろねろねろ。

「うああっ。あァン、パパ……ああ、すごい。パパ……ヒハアァ……」

恥じらう娘を、身もふたもないガニ股姿におとしめた。

露出させた媚肉にさらに吸いつくと、幸樹は左右にかぶりをふる。めったやたらに舌を踊らせ、美少女の秘割れをれろれろと舐める。

「あっあっ、いやン、すごい……あァン、パパ、感じちゃうよう。いやン、いやン。ンッハアァ」

「はぁはぁ。はぁはぁはぁ」

やはりこの娘は景子の子供だと、今日も幸樹は思った。

まだ成熟とはほど遠い、大人への旅立ちを日々つづける青い果実のような肉体。

学校に行けば国語だの数学だのを学び、生殖などという行為にうつつを抜かしてよい年ごろでは全然ない。

だが、そうであるにもかかわらず、里緒の肉体はこの歳にしてすでにその本質を露にしている。

痴女。

淫乱で好色な、恥ずかしいDNA。

そしてこの娘は、そんな自分のまるごとを、開きなおったかのように幸樹にぶつけてくる。

「うああっ。あっあっ。パパ、気持ちいいよう。いいよう。いいよう」

「はぁはぁ……里緒……」

かわいいバージン娘は前へうしろへと腰をしゃくり、自らグイグイと、いやらしい局所を幸樹の顔に擦りつけた。

そんな少女のいけないふるまいに、幸樹はますます罪悪感とともに、言うに言えない昂りを肥大させる。

「気持ちいいの。パパだからだよ。パパが好きだから。あっあっ、私、パパが大好き。だから、感じちゃう。パパ、ねえ、パパぁ」

里緒は言った。

「私、もう大人だよ」

「——っ。里緒……けど……」

自分は大人だと訴える里緒に、そうだと同意はできなかった。

「大人だよ。あともう少しで十六歳だよ。もう大人、大人なの」

だから、遠慮することなどないのだと言いたいのかもしれない。

なんとかわいいことを言うのだろう。

そこまでこの娘は俺のことをと思うと、引き裂かれそうな相反する激情はますます度しがたいものになる。

それでも、幸樹は言った。

「ち、違う、おまえは子供だ」

本音である。

「パパ……」

「おまえはまだ……まだまだ子供──」

「じゃあ、大人にして」

「えっ」

「パパが、ねえ、パパが」

「あっ……んっぷぷっ」

幸樹は驚いた。

いきなり幸樹の頭をつかむと、里緒はさらに激しく腰をしゃくり、ぬめる媚肉を義父の顔面に擦りつける。

……ニチャニチャ、ネチョネチョ、グチョ。

「んあっ。んっああっ」

「んっぷぷぷっ。里緒……おおお……」

「ねえ、パパ、お願い、興奮して。こんなことする里緒、嫌いにならないで。パパが好きなの。だからなの。んっあっ。あああっ」

「うおっ。おおおっ……」

メカブのようなとろみが、ヌチョヌチョと粘りに満ちた音とともに顔面に塗りたくられる。

同時に、いっぱいに香るのは、柑橘（かんきつ）系の甘酸っぱいアロマ。鼻の奥までつんとくる濃密な芳香には頭を麻痺させる成分もあるようだ。

ただでさえ制御不能になっている脳みそが、ますますジーンと妖しくしびれた。幸樹はもう、いやらしいことしか考えられなくなってくる。

（も、もうだめだ！）

「おお、里緒！」

「ハアァン、パパ……」

幸樹は女陰から顔を離し、ついに合体の態勢に入った。

ソファの背もたれに、変な角度で頭を預ける十五歳の娘の身体を引っぱり、互いの性器を近づける。

「いいんだな。はぁはぁ。ほんとにいいんだな」

いいわけないだろう、このばかと、自分をなじる声がどこからか聞こえる。

だがその声は、あまりに小さい。

「大人にして、パパ。うれしいよう。私、幸せだよう」

「くうぅ、里緒……里緒っ！」

幸樹は知らなかった。

もしかしたらこの娘は、本当にもう大人なのかもしれない。

少なくともへたな大人の女顔負けの、男を手玉にとるような魔性をすでに持っている。

「里緒！」

猛(たけ)るペニスの角度を変え、亀頭でラビアをかき分けた。

汁まみれの膣穴はなおもひくついていた。生々しい牝肉に鈴口を押しつけるや、奥歯をかみしめて腰を進める。

――ヌプッ！

「うあああ」

「くぅ、狭い……っ」

亀頭が飛びこんだ胎路は、背徳感あふれる狭隘(きょうあい)さに満ちていた。

やはり、まだ子供ではないか――。

そう思いつつも、幸樹はもう戻れない。全身を罪悪感一色に染めながらも、さらに雄々しく腰を進める。

――ヌプヌプ、ヌプッ！

「あああ、い、痛い……痛いよう」

「──っ。里緒……」

「ち、違う。痛くない。痛くない！」

かわいい娘の悲痛な声に、ハッとして動きを止めた。

そんな義父の反応にあわてたのは里緒だ。あわててかぶりをふり、来てというように両手をひろげる。

「パパ、痛くない。もっと挿(い)れて」

「けど」

闇の中でもわかるほど、里緒の小顔はさらに真っ赤にほてっていた。なんでもないふりをしようとしているが、その顔は明らかに引きつっている。

当然だ。

この娘は今、一生に一度しかない破瓜(はか)の瞬間を通過中なのだ。

痛いのが当たり前。

しかも里緒の身体は、大きくなったとは言え、やはりまだ幼い。

「パパ、来て、痛くないから」

「里緒」

抜かなくてはだめだと、幸樹は思った。娘に痛いと言われて平気でいられるほど、幸樹は図太くも大物でもない。

しかし、抜けないのだ。

ペニスを締めつけるういういしい膣肉は、あまりに心地よい。

ムギュムギュと波打つ動きで怒張を甘く締めつけては解放し、また締めつける動きをくり返す。

（おお、たまらない……っ）

「パパ、来てよう」

「里緒」

「お願いだから、やめないで。最後まで大人にしてええっ」

「おお、里緒、里緒！」

（ぬうっ）

――ヌプヌプヌプヌプッ！

「うあああ」

「おおお……」

かわいくねだってくる里緒に、幸樹は負けた。

いや、娘のせいにしてはならない。

自分の弱さに負けたのだ。

気がつけば男根は、膣奥深くまで強引な猛々しさでもぐりこんでいた。股間と股間が密着し、里緒は窮屈な体勢で、首すじを引きつらせて悶絶している。

「り、里緒、痛いか？」

「平気……パパ、パパァ……」

性器でつながった乙女は、あらためて両手を幸樹にひろげた。

体勢を変え、ソファに寝かせると、待ちかねたように、かわいい娘はおおいかぶさる義父を熱烈に抱きすくめる。

白い片脚は、ソファが狭いせいで背もたれに乗せていた。

「うれしいよう。うれしいよう。パパが大人にしてくれた」

「里緒……」

「もう、私……パパの女だね」

「――っ」

里緒は心からの悦びを言葉にしただけかもしれなかった。

だがその言葉を耳にしたとたん、幸樹はあらためて、とり返しのつかないことをしてしまったことを自覚する。

（パパの……女……）

「ねえ、動いて。動かないと、パパ、気持ちよくないでしょ」

みずみずしい里緒の裸身は、すでにじっとりと淫靡な汗をにじませていた。

幸樹の身体の下でもぞもぞと裸身をくねらせ、里緒は媚肉で、またしてもムギュリ、ムギュムギュと幸樹の陰茎を締めつける。

「うわっ、里緒……」

「動いて。動いてよう。おまえは最高だって、言ってほしいよう」

「おお、里緒、たまらない！」

「ひはっ」

ついに幸樹は、腰をしゃくりはじめた。

陰茎を受け入れるにはまだ早いフレッシュな膣内で、前へうしろへ、前へうしろへと、獰猛（どうもう）な抜き挿しを開始する。

……ぐぢゅる、ぬぢゅる。

「うあ、あああ。痛い……い、痛くない！　ヒィン、痛い……違う。違う違う！」

「里緒……」

「やめないで。やめちゃやだよう。ねえ、気持ちいいって言って。里緒の身体、気持ちいいって。お願いだよう」

「おおお……」

まるで幼子さながらに、里緒は熱っぽくその腕を幸樹の背中にまわした。

義父がいとおしくてならないということが、いやでもわかる真心のこもった抱きつきかただった。

背中にまわした両手を交互に上へ下へとやり、愛情たっぷりに撫でさする。

(かわいい)

甘酸っぱいいとおしさで、さらに胸がいっぱいになった。

こちらからも華奢な身体をかき抱き、さらに怒濤のストロークで、雄々しいピストンをエスカレートさせる。

……グヂュグヂュグヂュ！　ヌヂュヌヂュヌヂュッ！

「ひはっ。ひはアァン。あっあっ、い、痛い……あっあっあっ……ちょ……ひはっ、えっ……あっあっ……ひゃん、ひゃん……えっ、ええっ……？」

「里緒？」

(き、気持ちいい)

狭苦しい肉道は、ただピストンするだけでもそうとうな快さだ。

全方向から押しつぶされる亀頭が、ぬめる膣ヒダと窮屈に擦れあい、火花の散るような快美感がまたたく。

そのうえ膣奥まで亀頭をたたきこめば、待ちかまえているのは十五歳の子宮。はしたなくとろけた子宮は、たとえるなら、さながら餅である。

となると、ペニスは餅つきの杵か。

杵でズンズンとつくたびに子宮の餅がうごめいて、キュンキュンと鈴口を絞りこんではいやらしくおもねる。

しかも——。

「あっあっ……うああ、ちょ、なにこれ。あっあっ、なにこれ、あああ、ああああ」

「はぁはぁ……里緒、おまえ……」

どうやら処女喪失の痛みは、少しずつ癒えてきたらしい。

もう里緒は、痛いとは言わなかった。

それどころか、早くも母親の遺伝子が、ういういしい女体を支配しはじめたか。

ひと抜きごと、ひと挿しごとに少女の反応には、最前までとはまったく別の艶めかしいものがあふれ出してくる。

……ぐぢゅる、ヌチョヌチョ！　ずるちゅ、ぢゅるぢゅ！

「ああァン、いや、どうしよう、パパ、パパあぁ。私……私ぃあああああっ」

「おおお……」

そのうえ性器が擦れあうところからは、隣近所にまで聞こえてしまうのではないかと思うほど、えげつない汁音がひびきだしていた。

破瓜の痛みのせいで一時的に量が少なくなっていた愛液が、一気に派手さをとり戻し、肉スリコギでかきまわせば、官能的な粘着音を大きくする。

「か、感じるのか、里緒、はぁはぁ……おおお……」

幸樹は上体を起こして、ピストンをした。

性器がひとつになる部分を見れば、そこからは痛々しい真っ赤な鮮血がにじみだしている。

抜き挿しをくり返す肉棒には白濁した愛蜜のぬめりとともに、赤い血がべっとりとついていた。

まるで苺ヨーグルトみたいだと、場違いなことを幸樹は思う。

「ああン、恥ずかしい……パパ、どうしよう……あっあっ、感じちゃう……感じちゃうよう……いやあ、ママみたいな女になりたくないのに……」

「えっ、里緒……」

（やっぱり、知っているのか、景子のこと）

……グヂュグヂュグヂュ！　グヂュグヂュグヂュ！

「あっあああ。どうしよう。か、感じちゃう！　パパ、感じちゃうよう。恥ずかしい。恥ずかしい。うあああああ」

「おお、里緒、もう我慢できない！」

——パンパンパン！　パンパンパンパン！

「うああ。うあああああ。あァン、パパ、気持ちいい。あっあああああっ」

「はぁはぁはぁ」

いよいよ幸樹の抽送は、ラストスパートに入った。

母親が痴女であることに気づいていたらしい里緒に、複雑な気分が増す。幸樹とセックスをしているときの声も、筒抜け同然で耳にしていたのか。

（だとしたら、美月も……）

美月のことを思いだすと、罪の意識はさらに天井知らずになる。

歯を食いしばり、顔を熱くほてらせた。

狂ったようなピストンで、さっきまで処女だった娘の膣肉をサディスティックにほじくり返す。

「うああ。あっあああっ」

「はぁはぁ……里緒……」

気持ちよかった。

天にも昇る心地とは、まさにこのこと。

頭の芯をぼうっとさせながら、幸樹は激しい抜き挿しで娘の牝肉を凌辱し、射精衝動を膨張させていく。

（ああ、イクッ！）

「あっあっ、あああ。とろけちゃう。とろけちゃうンンン。パパ、なにこれ。これなの。こういうことなの。ああ、私……私っ！　うああ。あああああ」

「里緒、出る……」

「うあああっ。あっあああああっ‼」

――どぴゅどぴゅどぴゅ！　びゅるる！　どぴゅぴゅうっ！

（ああ……）

恍惚の雷に、脳天からたたき割られた。

頭の中で音もなくすさまじい閃光が爆発する。

なにも考えられなかった。

なにも見えない。

なにも聞こえない。

幸樹はただただ、気持ちよかった。

ペニスの先から精液を飛びちらせる原始的な快感に、なにもかも忘れて酩酊する。

……ドクン、ドクン。

(思いきり射精してる)

やがて耳に届いたのは、雄々しく脈動する陰茎の射精音。天然の肉ポンプを収縮させ、そのたび大量の精液を里緒の膣奥に注ぎこんでいる。

(……えっ。ち、膣……あっ)

今さらのように、幸樹は気づいた。

ペニスを膣から抜くこともせず、当然の権利のように中出し射精をしてしまった。

もちろん里緒は、なにも言わない。

これでいいのとでも言うかのように、幸せそうに目を閉じて、汗を噴きださせた裸身を、ビクン、ビクンと痙攣させる。

「里緒……」

「はうう……いや、見ないで……あァン、恥ずかしいよう……身体、勝手に、ビクビクしちゃう……あはぁ……」

「いや、あの――」

「きゃあああああ」

(えっ)

そのときだ。

とつぜん、けたたましい悲鳴が闇の中にひびく。

ふたりして、ギョッとした。

幸樹も驚いたが、里緒もあわてて飛びおきる。

そのとたん、部屋の明かりが煌々と点った。

「いやあああ」

「景子……」

それは幸樹の妻だった。

リビングの入口に立ち、両手を口に当てて目を見開いている。

(最悪だ)

幸樹は反射的に、里緒から離れた。

ズルリと膣からペニスが抜ける。

去りゆく性器を追うかのように、注ぎこんだばかりのザーメンが、開いた肉穴からドロリと溢(あふ)れだしてくる。

「いやあ。いやあああ」

景子はもう半狂乱だ。

こんな顔をした妻を見るのは、はじめてだった。

立っていられなくなり、床に膝をつく。

自分が目にしたものが信じられないとでも言うかのように、両手の指を髪に埋め、気が違ったようにかき乱す。

「うああ。あああああ」

「景子……」

パニックになりながら、幸樹は景子を、つづいて里緒を見た。

里緒は胸や股間を隠してまるくなってこそいたが、その表情にはどこか開きなおったようなすごみが感じられた。

意外なほど、落ちついて見えた。

(――っ。美月……)

幸樹は気づく。

たった今、最悪だと思ったが、そうではなかった。
真に最悪な展開は、これから起きるところである。
二階から、荒々しい音が近づいた。
この家の最後のひとりが、バタバタと階段を駆けおりてきた。

第四章　淫蕩な痴女の血

1

「おっ、はじまったか」

夏の終わりは、毎年この音とともにあった。

今年もこの日が来たかと思いながら、幸樹は急いで階段をあがる。

廊下を進み、ドアを開けた。

四カ月前まで里緒が使っていた部屋だ。

ノックをする必要はすでにない。そこにいた住人はすでにおらず、中には家具ひとつなかった。

「やってる、やってる」

掃きだし窓の向こうに見える眺めに歓声をあげ、窓辺に近づいた。

ロックを解除し、掃きだし窓をカラカラと横にすべらせる。スリッパを履き、ベランダに出て、遠くに見える花火に目を細めた。

毎年この日になると決まって開催される、この地域の花火大会。

ここいらではけっこう大きなイベントで、近隣からも多くの人々が集まってくる。

花火の打ちあげは、近くにある一級河川の河辺で行われていた。

夏の情緒を感じさせる音を立て、打ちあげられた花火が夜空に次々と、色とりどりの花を咲かせる。

「…………」

ベランダの壁に両手を置き、幸樹は無言で花火を見た。

とっくに陽(ひ)は落ちたというのに、相変わらず蒸し暑い。べっとりと、肌に貼りつくかのような熱気と湿気が、闇の中に充満している。

思いだしてはだめだと思うのに、どうしても去年のことを思いだした。

街では花火大会の開催にあわせ、夏祭りも催している。ＪＲの小さな駅前からつづく駅前通りの両側に露店が並び、いつもは閑散としている通りが、この日ばかりは一年に一度のにぎわいを見せる。

去年は家族四人で、祭り見物に訪れたのだった。

駅前通りからも、夜空をいろどる花火の大輪はばっちりと見え、幸樹たちは花火と露天のとりあわせという贅沢な時間を満喫した。

(かわいかったんだよな、美月も里緒も)

まぶたの裏によみがえるふたりの娘のあの日の様子に、幸樹は胸を締めつけられた。

美月も里緒も、景子に着せてもらった浴衣によそおい、うちわまで持って夏祭りへとくり出した。

美月は長い髪をアップにまとめ、めったに見せない白いうなじを、あのときばかりは惜しげもなく、幸樹の目にさらしてくれた。

みんなでたこ焼きを買ったり、射的をやったりして楽しんだ。明るく笑うふたりの娘の面影は、今でも幸樹の心の宝だ。

(美月……)

だがやはり、ひときわ強く思いだしてしまうのは、里緒には申し訳ないが、美月だった。

上の娘のあの夜の愛くるしさは、ついに里緒と一線を越えてしまった、あの運命の夜の記憶とセットになっている。

いつになくけたたましい音を立てて階段を駆けおりた美月は、なにごとかと青ざめた様子でリビングルームに飛びこんできた。

そして目の当たりにした衝撃的とも言える光景に、絶望的な表情になったあのときの美月を、幸樹は今でも忘れられない。

妻の景子と幸樹の関係は、あの夜をもって完全に破綻した。

自分の娘と夫がとんでもないことをしている現場を見てしまったのだから、景子がふたりの娘を連れ、家を飛びだしていったのは当然のことだ。

離婚も、すでに成立していた。

景子にはもうとっくに両親はおらず、頼れるのは亡き母のきょうだいたちだけだと聞いたことがある。

おそらくしばらくはそのどこかに身を置き、態勢を立てなおすための準備をしてから、母と娘三人で暮らしはじめたのではあるまいか。

もっとも、美月はともかく里緒と景子があのあとも、円満にコミュニケーションできたとは、とても思えなかった。

そもそも、今にして思えばいつでも里緒は、どこか母親に対抗意識を持っていた。

その理由がなんなのか、幸樹にはわからなかったが、ただでさえあのふたりの関係は、微妙で不安定なものをはらんでいた。

そこへ持ってきて、あの一夜の事件だ。

多感な年ごろの里緒と景子がうまくやっていてくれるとよいのだがと、偉そうなことを言える立場でないのは百も承知で、今夜も幸樹はぼんやりと思った。

「……うん？」

ふり返り、眉をひそめる。

今、玄関の引き戸が開きはしなかったか。

こんなところに訪ねてくる者など、あの日以来、宅配便の配達人などをのぞけば、ひとりとしてなかった。

だが幻聴ではなく、たしかに今、幸樹は階下の物音を聞いた。

「いったい、誰だ」

首をかしげつつ、ベランダをあとにする。宅配便関係者なら、大きな声で呼びかけてくるはずだが、そんな様子もない。

だとしたら、やはり空耳だったかと思いもしたが、とにかくたしかめたほうがよさそうだ。

部屋を出る。

廊下を急ぎ、階段を下りた。

（えっ）

玄関に人はない。

だが、無人のはずのキッチンで人の気配がした。泥棒にしては大胆だなと思いつつ、幸樹は勢いでキッチンに入った。

「あっ」

「あっ」

目と目があった。

幸樹は思いきり、心臓を絞られた気持ちになる。

「お父さん、ただいま」

美月だった。

買ってきたらしいスーパーのレジ袋からあれこれと取りだしていた少女は、一年ぶりの浴衣姿である。

目の覚めるような水色の浴衣。

白い花と紅の花のデザインがちりばめられ、少女らしい愛くるしさと、大人びた艶やかさの双方を感じさせる。

山吹色の帯とのコントラストもあでやかだ。

幸樹は確信する。

おそらくここに来るまでには、おびただしい数の男たちの視線を一身に集めつづけたに違いないと。

「美月」

信じられない訪問者に、幸樹はフリーズした。

口を開けたまま、思わずマジマジと見つめる。

美月は照れくさそうに視線をはずし、ウフフと笑うと、レジ袋からまたもいろいろと出しはじめた。

つまみらしき刺身があった。

ビールがあった。

いっしょに飲むつもりできたのか、サイダーの缶もそこにはある。

「やせたね、お父さん」

頼んでもいないのに、食事の用意をはじめながら、美月は言った。

黒髪をアップにまとめ、今夜もうなじを剝きだしにしている。白い首すじと、もやつく後れ毛が、なにやら妙に艶めかしい。

たった四カ月会わなかっただけなのに、家にいたころよりちょっぴり大人びて見えた。

「え、そ、そうか」

やせたねと言われて、答えに窮した。

そうかもしれない。

体重計になど乗ったことはなかったが、まともに食事もしていないのだから、体重が減るのが道理である。

「食べてないんでしょ、ちゃんと」

チラッとこちらを見て、すぐに恥ずかしそうに視線をそらす。

キッチンテーブルにはあれよあれよという間に、ふたり分の食べものと飲みものが皿などとともにととのえられていく。

「今夜もまだなんでしょ、ご飯。はい」

いつも使っていた椅子に座ると、美月は缶ビールを手にとった。

プルリングを開ける。

座ってと言うようにアイコンタクトをすると、缶ビールを持ち、グラスに注ぐのを待っているそぶりを見せる。

「おまえ、どうして来たんだよ」

こんなことが景子に知れたら、どうなるかわかったものではない。

美月の真意をはかりかね、幸樹は聞きながら娘の対面に座る。

「どうしてって……お父さん、ひとりで寂しいんじゃないかなって思って」

「美月……」

浴衣の袖から白い腕が露になった。美月は色っぽい挙措で、幸樹にビールを注いでくれる。

グラスにビールが泡を立てるのを見つつ、幸樹はチラチラと、浴衣姿の美月にも注目した。

「また来たね、今年も夏祭り。はい、乾杯」

サイダーの缶を自分で開け、乾杯をしようと、美月はそれをかざした。

「……美月」

あのころと変わらない態度で接してくる美月に、鼻の奥がつんとなるのを感じながら、幸樹は娘と乾杯をした。

「花火、見てたの？」

愛らしい仕草でサイダーの缶に口をつけ、美月は聞いた。

「あ、ああ」

ビールはよく冷えていた。

レジ袋のロゴを見れば、買い物をしてきたのはちょっと離れたところにある浜野家御用達のスーパー。

ふつうに歩いてきたら、いくぶんぬるくなってしまうのがふつうのはず。

だが、ひょっとしてこの娘は、冷たいビールを幸樹に飲ませようと、まさか走ってここまで来たのか。

そう思ってあらためて見ると、美月の形のいい額には、いくぶん汗の湿りが認められた。

(美月)

「きれいだよね、花火。でも、ひとりで見てると、やっぱりむなしくないかな。ああ、おいしい」

サイダーを飲み、炭酸の強さがきつかったか、いくぶん顔をしかめて美月は笑った。

「おい、おまえ――」

「私がいっしょにいてあげる」

とまどう幸樹に、美月は言った。

「えっ」

「じつは」

美月はこちらを見る。

「お父さんに、ちょっと相談したいこともあるし」

2

「……で、なんだよ、相談って」

幸樹があらためて聞いたのは、食事をはじめてから三十分ほど経ったころだ。

美月は幸樹の大好物である刺身や鶏の唐揚げ、枝豆などに加え、夏祭りの露天でたこ焼きやイカ焼きまで買ってきてくれていた。

ふたりして、他愛もないことをぽつりぽつりと語らいながら食べることしばし、ようやく幸樹は気になっていた話題をこちらからふった。

「えっ。あ、うん……」

相談があると言っておきながら、いざこちらから聞こうとすると、美月はとたんに口が重くなる。

つい今しがたまで、この四カ月に学校で起きたことなどを聞いてもいないのにあれこれと話して聞かせてくれたが、家庭のことについてはいっさいなにも語らなかった。

もしかして、それが相談なのかなと、幸樹は想像していた。

里緒になにかあったのか。

般若（はんにゃ）の形相で里緒の頬を張りとばしたあの夜の景子の、人が違ったような姿を思いだして、幸樹は思った。

「あの……えっとね……」

なぜだか居ずまいを正して、美月はうつむいた。

「お父さん」

「……うん？」

里緒か。

里緒と景子がやはり、と幸樹は口にしそうになる。

「私のこと、好きって言ってくれている人がいるの」

「……えっ」

ところが、美月の口から出たのは、思ってもみない言葉だった。頭の中で、たった今耳にした言葉がくわんぐわんと反響しはじめる。

「す、好きって……誰に言われたんだ」

「先生、担任の」

「はあ？」

これまた意外な告白だ。

その担任については、以前美月から聞いたことがあった。

女生徒たちの人気を一身に集める独身教師。帰国子女かなにかで、超難関国立大学の出身だったはずである。

「どうしたらいいのかな」

うつむいたまま、困ったように美月は言った。

「どうしたらって……」

幸樹は返事に窮した。

こんなかわいい生徒が毎日近くにいるのである。若い教師なら、ひとりの女性として意識してしまうのも無理はないと幸樹は思った。

だがそうは思いつつ、胸をいっぱいにふさぐのは、もちろんせつなく苦しい妬心。

一度としてその教師を見たことはなかったが、なかなかの美男子だというその男に押したおされ、あんなことやこんなことをされそうになる美月を想像すると、髪をかきむしりたいほどの激情にさいなまれる。

しかし、もちろんそんなことは、言葉にも態度にもあらわせない。

たとえここまでの数年間、つねに心の中でいちばんだったのが美月だとしても、結果的に幸樹はその妹と禁を犯した。

いや、そもそも、心の中のいちばんが美月であったこと自体、あってはならないことである。

(神様)

幸樹はうなだれつつ、心では天をあおいだ。

あなたは本当に残酷なかただ。

しかしこの生き地獄も、自分が犯した罪への罰なのですねと、つい先ほどまでの少々浮かれた気分は雲散霧消して、幸樹は思った。

「つきあったほうがいいと思う?」

うつむいたまま、上目遣いにちらっとこちらを見て、美月はたずねた。

「いや、うん……まあ、そうだな……」

胸を締めつけられるようなせつなさにかられはしたが、心の奥底の本音など、とうてい言えるものではない。

そもそも最初からそんな資格などないが、今の幸樹は、はっきり言って、それ以下の地位にいる。

「いいんじゃないか」

「……えっ」

陽気さを意識して、幸樹は言った。

今さらいい父親のふりをしても遅いことはわかっている。

だが、わざわざ相談に来たかつての娘に向けられるのは、やはり父親としての顔である。

「お父さん……」

「いい先生なんだろ。まだ二十代だっけ。ちょっと歳は離れているけど、でもおまえ、基本的に大人だからさ」

「………」

「それぐらい離れているほうが、パートナーとしてはしっくりくるんじゃないのか」

「い、いいの？」

「……うん？」

いいのかと聞かれ、幸樹はとまどった。

美月は困ったようにまたしてもうなだれ、その小顔は完全に見えなくなる。

「お父さんは……いいの。私が……先生とつきあっても」

「いや、いいもなにも」

幸樹はおどけて笑い飛ばそうとした。

椅子の背もたれに体重をあずけ、あははと笑ってみせる。

「別に……ほかに好きな人がいるわけじゃないんだろ」

美月は答えなかった。

うなだれたまま、押しだまる。

「美月……」

「いない」

すると、なぜだか不機嫌そうに、美月は言った。

「だろ。うん、だったら――」

「先生とつきあうってことは」

幸樹の言葉をさえぎり、なぜだか声をふるわせて、美月は言った。相変わらず顔をうつむけたままである。

「先生とつきあうってことは」

そこでいったん言葉を切り、身じろぎをしてから美月は言った。

「先生の……先生のものになるってことだよ」

「――っ。美月……」

「いいの、お父さんは」

「えっ。あ……」

ようやく美月は顔をあげた。

幸樹は息を呑む。

泣いていた。

楚々とした一重の目から、堰を切ったように涙をあふれさせている。

「お、おい……」

「好きなのに、私だって」

「……えっ」

泣きながら、美月は言った。

「好きなのに、私だってお父さんが。里緒にお父さん、とられちゃった」

思いがけないその言葉に、幸樹はフリーズする。

「み、み——」

「好きだった。お父さんのことしか考えられなかった。それなのに、里緒にはあんなことして、私は先生のものになってもいいんだね」

「ああ……」

「私も里緒みたいにお父さんと……ねえ、そんなこと思っちゃだめなの。私はいつまでも、いい子でいないとだめなの。お父さんのばか」

「あっ。おい……」

美月は憤然と立ちあがった。

椅子の脚がキッチンの床と擦れ、耳障りな音を立てる。

美月は涙をふき、浴衣用の鞄を手にしてキッチンを飛びだそうとする。幸樹はあわてて立ちあがり、そんな娘の腕をつかまえた。

「放して」

「落ちついて、美月」

「お父さんなんて大嫌い。私のことなんて、どうでもいいんだ。里緒とはあんないやらしいことしたのに、私のことはなんとも思ってくれないんだ」

「いや、ちょっと待て」

「大嫌い。大嫌い。私、先生のものになる」

「美月」

つかまれた手首をふりほどこうと、一度として見せたことのない激しさで幸樹に抵抗する。

美月は暴れた。

その目からは、なおも涙がボロボロとあふれた。

知らなかったこの娘のかわいい想いに、幸樹は胸を締めつけられる。

3

「美月」

「先生のものになる。先生の奥さんになって、子供を産んで、ずっと先生のそばにいる。それでいいんでしょ。私なんて……私なんて、お父さんにとっては――」

「ああ、美月」

「んああ……」

（ああ、俺は）

気づけば幸樹は、全力で美月を抱きすくめていた。

すごい力で抱擁され、美月は天をあおぎ、感きわまったような吐息をこぼす。

「美月」

「あぁ……」

「ほ、ほんとか、それ。ほんとの気持ちか」

身体を離し、両手で娘の二の腕をつかんで顔を見た。顔をそむけた美少女の両目から、涙のしずくがちぎれて飛ぶ。

「美月」

「嘘。ぜんぶ冗談」

「えっ……」

「お父さんなんて大嫌い。好きじゃない」

「あっ……」

美月は幸樹をふりきって、キッチンから廊下に飛びだそうとした。

美月は娘に駆けより、今度は背後から抱きすくめる。

「ああ……」

「美月、そんなふうに思っていてくれたのか、俺のこと。なあ」

「違う。放して。お父さんなんて大嫌い」

（ああ、もうたまらん！）

「美月っ」

……ちゅっ。

「きゃあああ」

（えっ）

一度はあきらめた想いが、臓腑の奥から堰を切ってあふれだした。

暴れる娘をかき抱いたまま、白いうなじに接吻をすれば、清楚な娘は金切り声をあげ、感電でもしたようにその身をふるわせる。

（ああっ）

そうだったと、幸樹は思いだした。

不意の出来事につぐ不意の出来事の連続で、そんなことまで思いが及ばなかったが、ことここにいたって幸樹はようやく思いだす。

そうだった。

この娘もまた、景子の娘なのだった。

もしかして美月も景子の卑猥な遺伝子を受けついでいるのではないかと考え、悶々とすることもあったではないか。

そんな美月の派手な反応に、たまらず幸樹は鳥肌を立てる。

（ああ、やっぱりこの子も）

「美月、美月……」

……ちゅっちゅ。

「きゃあぁ。は、放して。放してって言ってるの。お父さん」

「美月、もうだめだ。お父さん……おまえにこんなかわいいことを言われてしまったら……」

……ぶちゅっ。ちゅう、ちゅぷ。

「あああ。だ、だめ。やっぱりだめ。き、嫌いだって言ってるでしょ。お父さんなんて——」

「おお、美月」

「きゃあああ」

たががはずれたとは、まさにこのこと。

幸樹は美月の細い手首を握り、強引にキッチンから廊下に連れだす。

「お、お父さん」

「はぁはぁ。はぁはぁはぁはぁ」

大股で廊下を歩き、ふすまを開いて美月を引きずりこんだのは、かつての夫婦の寝室。

寝室と言ってもベッドはなく、いつも押し入れから布団を出して敷いていた。

「美月、だめだ。俺、もうがまんが……」

押し入れから敷布団を出し、畳に乱暴に敷いた。

「い、いや。きゃっ……」

逃げようとする浴衣の美少女をつかまえ、強引な力で敷いた布団に押したおす。

「きゃあぁ。お父さん……」

「美月、もうだめだ。はっきり言う」

暴れる美少女を力ずくで拘束し、馬乗りになったまま言った。

「俺もおまえが大好きだ」

「――っ。お父さん……」

その言葉を聞くや、あらがう力が弱まった。

「わかっている。こんなことを思っていたこと自体、あってはならないことだって。おまえは、俺が好きになった女の娘なんだ。でも」

――ポタリ。

驚いて目を見開く美月の頬に、とつぜん音を立てて雨滴が落ちた。

違う。

雨滴ではない。

自分が泣いていることを、そのときはじめて幸樹は知った。

「お父さん……」

「苦しかった。つらかった。でも、好きになってはいけない女を、俺は……俺は、あっ……」

鼻の奥をつんとさせながら、幸樹は思いの丈をぶちまけようとした。

すると、今度は美月が自分から、義理の父親を熱烈に抱きすくめる。紅潮した小顔を、幸樹の首すじに押しつける。

「お父さん……里緒じゃなくていいの」

「――っ。美月……」

「私でいいって言ってくれるなら、私……私……ぜんぶ捨てる、なにもかも」

「ああ、美月、美月っ！」

「あああ」

なんてかわいいことを言ってくれるのかといううれしさが、獰猛な肉欲に変質した。

浴衣に指を伸ばし、胸の合わせ目を両手でつかんだ。

幸樹は万感の思いで、美月の浴衣をガバッと左右に割りひろげる。

――ブルルルンッ！

「あァン、いやあ……」

「おお、美月……」

中から露になったのは、和装のブラジャー。

だが和装であろうと洋装であろうと、この歳にして、早くも乳が破格のボリュームである事実は変わらない。

「はぁはぁ。美月、美月いぃ……」

「んああっ。はぁはぁ……お父さん……お父さん……あああ……」

ふるえる手で娘の浴衣の帯をほどき、布団の外までほうりなげた。

はらりと力を失った浴衣を脱がし、和装のブラジャーをむしりとれば、真夏の薄闇の中に、純白のパンティ一枚だけの美少女の半裸身が浮かびあがる。

「お父さん、恥ずかしいよう……」

「おおお、美月、ああ、美月っ！」

露になった巨乳の眺めに、幸樹は衝きあげられる。

あらためておおいかぶさり、たゆんたゆんと重たげに揺れるおっぱいを両手で鷲づかみにする。

「ああああ」

十本の指で荒々しくつかむと、またしても美月はビクンとその身をふるわせ、布団の上で艶めかしくその身をのたうたせる。

「美月、ああ、美月……」

……もにゅもにゅ。もにゅもにゅ、もにゅ。

「んああっ。い、いやン、いやン、お父さん、あっあっ……いや、どうしよう……お父さん、あのね、私ね、あのね……きゃあああ」

幸樹は美月の言葉をさえぎり、片房の頂に、はぷんとむしゃぶりついた。

「あぁン、お父さん……」

「感じるだろう、美月。我慢しなくてもいいんだ。俺、わかっているつもりだから」

「えっ、ええっ。お父さん、ああぁ……」

「んっんっんっ……」

……ちゅうちゅう、ちゅぱ。

「うああ。あァン、お父さん、どうしよう。ああ、そんなことされたら困るよう。困るよう。あああ」

「はぁはぁはぁ」

ふたつの巨乳をグニグニと揉みしだきながら乳首を吸えば、美月の反応はさらに一段階、官能のボルテージをあげる。

4

（美月）

幸樹は興奮していた。

この娘と母親もまた、やはり好色な牝の遺伝子でつながっていることをいやでも思い知らされるパーツが、美月の乳の先端にはある。

これはまた、なんといやらしいデカ乳輪。

景子の乳の先にもあった直径三センチはある大きな乳輪が、同じようにこの娘のおっぱいの先にもあった。

しかも、美月のデカ乳輪の色合いは、母親以上に鮮烈なピンク色。

白い乳肌から鏡餅のように盛りあがり、中央から大ぶりな乳首を飛びださせている。ピンクの乳輪のところどころに、気泡のようなツブツブが浮きあがっている眺めも牡の淫心を刺激する。

そのうえ幸樹の鼻息をさらに荒くさせるのは、今しゃぶっている乳首である。長いのだ。

乳輪のサイズも規格外だが、乳首もまた平均よりも確実に長い。

楚々とした、つつしみ深い美貌を持つ少女の乳の先が、まさかデカ乳輪と長い乳首だなんて。

かてて加えて、この大和撫子(やまとなでしこ)の肉体には、淫蕩(いんとう)な痴女の血が流れている。

(たまらない)

「美月、美月」

「うあぁ。アァン、お父さん、お父さん、あああぁ」

右の乳房かと思えば、今度は左。

つづいてまた右、また左と、ねちっこく乳を揉みしだきながら、幸樹はせわしなく、舐めしゃぶる乳首を変えた。

長い乳首は、幸樹を挑発するかのようにつんとしこって勃っている。

そこに吸いつくたびごとに、美月はビクン、ビクンと暴れ馬のようにその身を跳ねおどらせ、艶めかしくのたうった。

「お父さん、恥ずかしいよう。私……こんな身体なの……」

色っぽいあえぎ声をあげてよがりつつ、美月は泣きそうな声で幸樹に言った。

「美月……」

「みんなそうなのかな。違うよね。やっぱり私も、お母さんの娘だから……」

「そ、そんなこと気にすることない」

「きゃあああ」

多感な時期の娘らしい、頭を撫でてやりたくなる悩みに、幸樹はますます色めきたつ。

いきなり娘の身体を下降すると、いやがる美月の両脚を大胆にひろげさせた。

こんな美しい娘にさせていいとは思えない品のないガニ股姿におとしめると、幸樹は迷うことなく純白のパンティ越しに、少女の局部にむしゃぶりつく。

「うあああ」

「うおお、美月……はぁはぁ……感じるか。いいんだ、それで。思いきり感じてくれ。男は……俺はそれがうれしいんだ。んっんっ……」

……れろん、れろれろ。れろれろ、れろん。

「ああぁ。い、いやあ。お父さん、なにこれ、なにこれええ。いやだよう、恥ずかしい。みんなこうなの。違うよね。私がお母さんの娘だからああああぁ」

「はぁはぁ。はぁはぁはぁはぁ」

(たまらない。たまらない)

幸樹の舌と女陰の間には、薄い木綿のパンティがあった。つまりまだ幸樹は、直接舌を媚肉に這わせているわけではない。

だが、そうであるにもかかわらず――。

「おお、美月……」

……れろん、れろれろ。

「あっあああっ。い、いや。恥ずかしい。お父さん、怖いよう、怖いよう」

「こ、怖いって……んっんっ……」

……れろれろ、れろん。

「うあああぁ。き、嫌いにならないで。私のこと……こんないやらしい身体……大嫌い。大嫌いだよう」

「そ、そんなこと――」

恥じらう娘にそこまで言いかけ、幸樹はハッとした。

――あぁン、恥ずかしい……パパ、どうしよう……あっあっ、感じちゃう……感じちゃうよう……いやあ、ママみたいな女になりたくないのに……。

(里緒)

セックスがクライマックスになったとき、感じながらもそう言った里緒の姿がよみがえる。

美しい姉妹はどちらもそろって、母から授かった自分の身体に苦しんでいた。

(里緒……)

いきなり首もとに刀の切っ先を突きつけられた気持ちになる。

いくら、最愛の娘の気持ちを知れたからと言って、おまえはなにをしているのだ。

自分はまちがいなく、里緒の人生をゆがませた。そのうえ今度は、その姉の人生までゆがませようというのか。

おまえに聞く。

そんな権利がおまえにあるのか。

「……どうしたの、お父さん」

とつぜん動きを止めた義父を、心配そうに美月が見た。

布団から首をあげ、柳眉を八の字にしてこちらを見つめる。

「あ……いや……」

「……嫌いになっちゃったの、私のこと」

「——っ。そうじゃない」

「じゃあ、なに」

「いや……その……」

闇の中で、美月が不安そうにこちらを見ているのがわかった。

しかし幸樹は、答えられない。

パジャマのズボンを突っぱらせていた、股間の一物が力なく、しおしおとしおれていく。

「……やっぱり……そうなんだね……」

自嘲ぎみに笑って、美月は言った。

「み、美月……いや、そうじゃ——」

「そうだよね。こんないやらしい身体を持ってる女の子なんて、気持ち悪いよね」

「違う。美月、そうじゃなくて——」

「ばか。お父さんのばか」

「あっ。おい……」

美月は起きあがると、脱がされたものをひと抱えにして部屋を飛びだした。

追いかけろよと思うが、幸樹は立ちあがることさえできない。

いや。

追いかけなくていいのだとすら思っている。

追いかけないほうが、みんな幸せになれるのだ。

ややあって、玄関の引き戸が乱暴に開閉される音がした。

「美月……」

ひとりぼっちの闇の中で、幸樹は肩を落とし、ため息をついた。

5

「お姉ちゃん……」

暗い通りを駆け去っていく姉を、里緒は見送った。

ついさっきまで義父と姉の行為の一部始終を盗み見ていた。やはり姉も義父のことが好きだったのだと、胸をかきむしられる気持ちになる。

そして、ようやくわかったのだ。自分が義父と結ばれたと知って、美月がどれほどつらく、苦しかったかを。

里緒は、母親と姉とは別の場所で暮らしていた。

反抗の激しい里緒を持てあまし、景子が自分の姉に、しばらく面倒を見てくれないかと頼みこんだのだ。

景子の姉もまた、同じ街で暮らしていた。

そのため、里緒は転校したりすることもなく、表向きはそれまでと変わらない暮らしに落ちついた。

いやむしろ、景子といっしょに暮らさなくてもよくなったことで、里緒の精神状態は、以前に比べて改善すらしたほどだ。

だが美月は、折に触れて妹を心配してくれた。

母親には内緒でこっそりと会い、しっかりとやっているか、困っていることはないかなど、なにくれとなく世話をしようとしてくれた。

景子には言わないでくれと伯母に念を押し、泊まりに来てくれたことだってある。

「ごめんね、お姉ちゃん……」

それなのに、里緒は姉には言えないうしろめたいことをした。

じつはこっそりと、美月の目を盗んでそのスマートフォンに秘密のＧＰＳアプリをしこんだのである。

理由は簡単だ。

美月が幸樹のもとを訪ねはしないかと気に病んでのこと。

いつの日か美月が、義父のもとに押しかけるのではないかと心配し、内緒でその行動を監視するようになっていたのである。

幸樹への想いは、依然として里緒の中にあった。

いつ義父のもとに行き、とんでもないまねをしてしまうかわからない不安定さは、依然として里緒の一部である。

しかし里緒は、必死に自分を抑えていた。

気づいてしまったからだ。

必死に食らいつこうとしたものの、幸樹は心から自分を求めてくれているのではないのではないかと。

——もう私、パパの女だね。

あの夜、ようやく処女を捧げることができた里緒は、万感の思いとともに、幸樹に言った。

だがそれを聞いた幸樹の顔つきには、明らかに複雑そうなものが感じられた。

そして、美月だ。

景子の悲鳴に驚いて、あの夜、けたたましく階段を下りてきた。リビングに飛びこみ、美月もまた目を見開いて絶望を露にした。

そんな姉の表情もまた、雄弁に「ある事実」を語っていた。

もしも自分が姉に勝ったことがあったとしたら、こちらのほうが先に幸樹と結ばれたことだけ。

あとはなにひとつ、勝ってなどいないのではないか。そう思うと、里緒は怖くてふたたび幸樹に近づけなかった。

だが——。

「……パパ、もしかして、私のこと思いだしてくれた?」

自分の家を見る。

ついに、姉と幸樹は行くところまで行くことになるのかと腹をくくったが、最後の最後になって、幸樹は行為を中断した。

もしかしてあれは、里緒を忘れられなかったからではないだろうか。

うぬぼれかもしれない。

だが里緒は、うぬぼれたかった。

「パパ……」

幸樹のいる、懐かしい我が家にまたしても戻りかける。

「はーまの」

（えっ）

そのときだ。

とつぜん闇の向こうから、にやけた声が自分を呼んだ。ギョッとしてふり返ると、声の主がニタニタしながら近づいてくる。

「――っ。な、なんであんたがここにいるのよ」

手をふる拓に、憮然（ぶぜん）として里緒は言った。

拓はそんな里緒を、文字どおり頭の先からつま先まで感心したように見あげ、見下ろす。

「いや、さっきからずっと思ってたんだけどさ」

「あ？」

「なんだっけ。馬子にも衣装って言うんだっけ」

「はあ？」

思わず声が大きくなる。

こんな大事なときに、なんなのだ、このすっとこどっこいは。

「かわいいじゃん、浴衣。浜野に見えないわ、実際。うん、エロい、エロい」

「なにがエロいだ！」

「あたっ」

からかわれ、顔を熱くしながら拓の頭を張った。

「なんであんたがここにいるのよ」

思いがけない展開に、ドギマギして糾弾する。

今夜、里緒は拓をはじめとする仲間たちとともに夏祭りに来た。

だが、GPSアプリを通じて姉の行動に気づき、いても立ってもいられなくなって、適当な理由をつけ、抜けだしてきたのである。

「尾行してきた」

すると、こともなげに拓は言う。

「はあ、尾行!?」

「だって危ねえだろ、エロい女がひとりでウロウロしてたら。勘違いして襲うやつがいたらかわいそうだから、尾行してきた」

「ふざけんな！」

「あたたっ」

さらにからかわれ、里緒はますます怒りをおぼえた。もう一度、拓の頭を張り、憤然と夜道を歩きだす。

「さ、帰ろうぜ。みんな心配してるぞ」

「だから今、帰ろうとしてんでしょうが」

「しかし、エロいなあ。おっぱい、触っていい？」

「触ったら、殺す」

「あははは」

里緒は軽口をたたく拓に本気で怒りながら足早に、四カ月前まで住んでいた家を離れた。

拓はそんな里緒のまわりをぐるぐるとまわり、なおもいやらしいことを言っては、少女にぽかりと頭を殴られた。

第五章　悪魔の実況ナマ配信

1

（う、うーん……）
次第に意識が戻ってくる。
同時に、鈍い頭痛をおぼえた。
ええと、私はなにをしていたんだっけと、美月はすぐには、記憶をとり戻せない。
（……そうだ）
思いだしてきた。
そうだ、河村に誘われ、独身教師の暮らすマンションへとやってきたのだった。

河村の住む家は清潔感あふれる素敵な空間だった。

もしも河村が望むのならどうなってもいいと、自暴自棄な気持ちで、教師がひとりで暮らす部屋へと入ったのであった。

夏祭りの夜からひと月ほどが経っていた。

(それなのに……なんで意識を失っていたんだろう……)

頭の痛みを持てあましつつ、美月はさらに考えた。

そうなのだ。

そこがよく思いだせない。

(1LDKのきれいなマンション……リビングに通されて、喉が渇いたねって言われて、冷たい飲み物を出されて……)

そうだ。

炭酸の刺激が強い飲み物を出され、里緒はそれを飲んだのだ。

そうしたら——。

「はい、みなさん、どうも。気がついたようですよん」

(えっ)

すると、近くで河村らしき声がした。

みなさん？

みなさんとはどういうことだ。

なんだかいやな予感がした。

しかも身体を動かそうとしても、なぜだか思うにまかせない。

（どういうこと……えっ、えっえっ？）

「今日はですね……超上玉です。なんでだと思います。じつはですね、今日の美少女、こんなかわいい顔して……痴女なんです！」

（えっ、ええっ？）

ようやく、美月は覚醒した。

なおも頭の痛みを持てあましつつ、目を見開く。

「――ひいいっ」

「はい、起きましたあ。おはよう、景子ちゃん」

美月は自分の目を疑った。

これはいったいどういうことだ。

部屋の風景が、先ほどまでとは一変していた。

プロのカメラマンが使うような強いライトの明かりが、あちらからこちらから美月に向けられている。

ライトだけではなく、何台かのビデオカメラも、いろいろな角度から美月にレンズを向けていた。

どうやら先ほど招き入れられた、リビングルームのようだ。わきによせられたローテーブルには、ノートＰＣが置かれている。

しかも――。

「ええっ？」

目の前には、河村らしき男がいた。

たぶん、河村のはずである。声がそうだから。

だが、確証はない。

なぜならそこにいる男は、顔全体をすっぽりと黒いマスクでおおい、目と口のところにしか穴が空いていない。

まったく顔がわからない。

慄然とせざるをえないのは、それだけが理由ではなかった。

男はボクサーパンツ一枚だけの半裸だった。そのうえ、下着の股間部は早くも卑猥なテントを張っている。

「ひいぃ。あの……あっ……」

男と距離をとろうとして、あらためて美月は思いだした。

そうだ。なぜだか身体が動かなかったのだ。

その理由がようやくわかった。

少女は籐椅子に、股間をせり出すような、半分仰臥した体勢で拘束されていた。

あろうことか、下着姿に剝かれている。純白のブラジャーとパンティだけの姿で、籐椅子に固定されていた。

肘かけに両脚をあげられ、あられもないガニ股開きの格好でぐるぐると緊縛されている。

ロープで縛られているのは脚だけではなかった。

身体を起こそうとすると、籐椅子がギシギシときしむ。上体もまた、ロープでぐるぐる巻きにされていた。

両手首を背中でひとくくりにされている。

半裸にされた上半身も椅子とひとつにされ、乳房の上下にギリギリとロープが食いこんでいる。

「せ――」

「おっと、待って、景子ちゃん」

呼ぼうとすると、男は人さし指を美月の口に当てた。

やはりこの男は、まちがいなく河村だ。マスクからのぞく両目は、あきらかに独身教師のものである。

（景子ちゃん？）

美月はようやく、自分が母親の名で呼ばれていることに気づいた。

（あっ……）

河村は気がつかないのかというように、美月の目のあたりをおおっている仮面らしきものをつまんで揺さぶった。

「いいかい、景子ちゃん、もうきみの姿は、全国のエロい男たちにリアルタイムで実況中継されている」

「……えっ」

（実況中継⁉）

「もしも俺の名前を呼んだりしたら、その瞬間、この仮面をはずしてきみの素顔を全国のエロ男たちにさらすし、ほんとの名前も公表する」

「なっ――」

「だから、絶対に俺の名前や素性がばれるような呼びかたはしないように。いいね」

「あ、あの――」

まだなんだかよくわからない。

そんな美月に、河村はニヤリと口もとをゆがめて言う。

「こういうことだよ」

ノートPCの角度を変え、河村は美月に画面を表示した。

「――っ。きゃああ」

それを見た美月は、愕然とする。

画面には、あられもない姿の美月が映しだされていた。

たしかに目の部分に、赤い色をしたデコラティブな仮面のようなものが装着されていて、顔がわからないようになっている。

映しだされた映像のわきを、さまざまなコメントが次から次へと下から上に流れていく。

――エロいなあ、エロいなあ。十七歳ってマジでしか!?

――くー、乳、たまらん!

――早くはじめれ～♪

——最初から有料でガンガンいってくれてもええで～

「あの!?」

「言っておくけど」

声をあげようとする美月を制し、教えさとすように、河村は言った。

「ここで行われていることは今、全世界に生中継で配信されている。えっと、現在の視聴者は……」

そう言うと、河村はＰＣをのぞきこんだ。

「おっ、また増えてる。千五百人だ」

「せ――」

美月は絶句した。

いまだに、完璧にわかっているわけではない。

恥ずかしい格好に剥いた自分を、河村はビデオカメラを使って見知らぬ人々にオンラインで流しているというのか。

なんのために……。

（あっ）

美月は思いだした。

たしか、自分のいやらしい姿をネットで公開し、なにがしかの対価を得ている女たち、あるいはカップルがいるという話を友人から聞いたことがある。

そして場合によっては、そんな行為は、とんでもない額の収入になるのだとも。

「ま、まさか……」

「そう。そのまさか。ククク」

教師は美月に手を伸ばし、その胸からブラジャーをはずそうとした。

「きゃっ。いや。ああ、やめて。いやっ」

「そらよ」

「いやあああ」

……ブルルンッ！

いやがって哀訴する美月になど、まったくおかまいなしだ。

河村は楽しくてしかたがないという感じで、罪もない少女の胸から純白のブラジャーをむしりとる。

（あああ……）

たゆんたゆんと発育のいい、豊満なおっぱいがロープに挟まれたまま、上へ下へとおもしろいほど跳ねた。

そのとたん、目の端に映るＰＣの画面に、おびただしい数のコメントが流れる。

——うっひょー。乳エッロ！

——名前教えてください。結婚したいです。

——ていうか乳輪！

——デカッ！

——乳首長くねっ!?　うっひ〜♪

「いやあ。いやあああっ！」

おっぱいを露にさせられ、美月は恥ずかしさに耐えきれず、かぶりをふった。艶やかな黒髪が狂ったように踊って乱れる。

(嘘でしょ。こんなのいやあ)

この期に及んでも、まだこの状況を受け止めきれていなかった。

つまり河村は、最初からこんなことをするつもりで「話がある」という美月を自宅に誘いこんだのか。

休日のデート。

話がしたいなら家で、アフタヌーンティでもしながらという河村に、美月は苦もなくだまされた。

流れで男と女の行為になってしまうのなら、それでもかまわないと捨て鉢な気持ちでいたからだ。

河村に本気の愛があるのなら、幸樹を忘れてその愛に逃げこんでしまいたい——そんな美月のやるせない思いが、結果としてこの悪夢のような事態を招いた。

河村の真の目的は、こんなふうに美月をはずかしめ、それを実況でネットに流すことだったのか。

好きだという告白も、今日までやさしく接してくれたのも、すべてはこのためだったのか。

(お父さん)

悲しみ、恐怖、絶望、パニック。

あらゆる負の感情が襲いかかってきた。

こんな恥ずかしい姿を、千五百人だかの視聴者に見られてしまっていると思うと、発狂しそうになる。

思わず心ですがったのは、幸樹だった。

情けない女。

情けない人間。

こんな事態におちいってもまだ、頼れるのは義父しかいないだなんて。

（お父さん、お父さああん）

2

「みなさん、すごいんすよ、この子。顔は見せられないけど、めっちゃかわいい女の子なんです。けどね」

いよいよ河村の実況は、本格的にはじまった。

据えおきのビデオカメラだけでなく、河村の手にもビデオカメラはある。

手にしたカメラに語りかけると、河村は剝きだしにした、美月の乳房にビデオを向けた。美月のコンプレックスである大迫力の乳輪と乳首が、たわわな白い乳とともにアップで映される。

「い、いや。いやあ……」

「まあ、見てくださいよ、このエロさ」

おどけた調子で言うと、河村は舌を飛びださせ、片房の頂をれろんと舐めた。

「きゃあああ」

（ああ、私ったら）

美月はますます絶望的な気持ちになる。

いやなのに。

こんな信じられない状況は地獄以外のなにものでもなく、今すぐ消えてなくなってしまいたいほどなのに。

（か、感じちゃう）

乳首を舐めころがされただけで、耽美な電流がビリビリと、乳から四肢へ、脳天へと突きぬけた。

たまらず尻を跳ねあげたせいで、いっしょにくくられた籐椅子がギシギシと不穏にきしむ。

「ねっ、すごいでしょ。あひゃひゃ。上玉なんすよ。こんなエロい美少女、めったにお目にかかれないっすよ。この実況でもはじめてです、ここまでのタマは」

してやったりという感じで、ビデオカメラに向かって河村は破顔した。

（ええっ？）

耳を疑う教師の言葉に、さらに美月は戦慄する。

この実況でもここまでの女ははじめてだと、今この教師はたしかに言った。

するとこれまでも、何人もの犠牲者がこんなふうに悪魔の実況の犠牲になっていたのか。

もしかして、それら犠牲者の中には学校の女生徒たちもふくまれていたのではあるまいか。

(信じられない。こんな、こんな——)

「ほら、もう一度」

……れろん。

「ひゃあああ」

今度はもうひとつの乳首を、からかうように舐められた。

美月は暗澹たる思いになる。

これまで一度だって好きだと思ったことなどない自分の身体が、今日ほどいまわしく思えることもない。

ありえないはずかしめを受け、その姿をとんでもない数の男たちに見られているというのに——。

(いつもより……感じちゃってる!)

「そらそら。んっんっ……」

……ちゅう、ちゅぱ。ぶちゅっ。

「うああ。ああ、やめて、やめて、せ――」

先生と言いかけ、あわててくちびるをかむ。

――もしも俺の名前を呼んだりしたら、その瞬間、この仮面をはずしてきみの素顔を全国のエロ男たちにさらすし、ほんとの名前も公表する。

脅迫の言葉が脳裏によみがえった。

冗談ではない。

そんなことをされたら、自分の人生は本当に終わりである。

(ああ、なんてこと)

自分のあまりの間抜けさに、美月は絶望的な気持ちになった。

よりによって、こんな男を信じてしまっただなんて。

よりによって、こんな男に大事な処女を捧げてもよいと、一度でも思ってしまっただなんて。

「チ×ポさんって呼んで」

するといきなり、河村が言った。

「……えっ」

「チ×ポさん。俺の名前はチ×ポさん」

「チ……っ!?」

「チ×ポさんって呼んだら、願いをかなえてやる。嘘じゃないよ。チ×ポさん。試してみな。んっ……」

「ふわあっ」

河村はおっぱいへの責めをエスカレートさせた。

片手で乳房を鷲づかみにし、もにゅもにゅと揉む。

もう一方の乳の頂に吸いついて、母乳でも求めるかのように、ちゅうちゅうと激しく音を立てて乳首を吸う。

「ふわっ。あっあっ、あン、いや、やめて……やめてやめて、お願いイィ。ああぁ」

「はぁはぁ。やめてほしかったら呼べよ、俺を。そらそらそら」

……ちゅうちゅぱ、ちゅぶ。ぶちゅ、れろれろ。

「うああ、いやいやいやぁ。舐めないで。舐めちゃいやああ」

「感じちゃうからだろ。清楚なツラしてこんなにエロいとはな。たまんないぜ」

「ああああ」

乳から弾(はじ)ける電撃に悶絶しそうになりながら、美月は必死に暴れ、哀訴した。だがそんな自分の姿が、よけい河村を興奮させてしまうのだろうとも思っている。

懇願しても、のれんに腕押しもよいところ。叫べば叫ぶほど、乳を揉みこむ手つきはいっそうねちっこさと強さを増し、乳首に擦りつけられる舌にもいちだんと激しいものが加わる。

「あああ。ああああああ」

（どうしよう。感じちゃう。感じちゃうよう。困る。困る、困る。ああああ）

今にも籐椅子が壊れてしまうのではないかというほど、椅子の脚がギシギシときしみ、右へ左へと揺れる。

だが、そうしないではいられなかった。

でないと、もっとおかしくなってしまう。

気持ちいいのだ。

信じられないほど、気持ちいい。

ただおっぱいを揉まれているだけ。

ただ乳首を舐められているだけ。

それなのに、美月に襲いかかる快感は、まさに悪魔のよう。これまで少女が積みかさねてきた人生のすべてを灰燼（かいじん）に帰してしまうかと思うほど、危険な恍惚感に絶え間なく襲われる。

「ほら、チ×ポさんって呼んだらやめてあげるよ」

……れろれろ。ねろねろ、れろ。

「いやあ。いやあああ」

なおも河村は美月の乳首を舐めころがし、もう一方の乳首も指であやした。

うずくような快さがふたつの乳首から弾け、くり返し脳にキュンキュンと突きぬける。

(助けて。おかしくなっちゃう。おかしくなるう。こんな身体、大嫌い。大嫌い)

ぞわぞわと、無数の小蟲(こむし)が身体の奥のいたるところから湧いてきたような感覚にとらわれる。

蟲たちは好き勝手に動きまわるが、それぞれが身体の表面に毒のような媚薬をねっとりとまとっていた。

強烈な媚薬が体内のあらゆるところで恍惚神経をしびれさせる。

どんなに我慢をしようとしても、とうてい意志の力などで抑えられるものではなかった。

(イクッ。イッちゃうウゥッ!)

アクメの瞬間が、どうしようもなく接近してくる。

見知らぬ無数の男たちに目撃されながら、自分は浅ましく獣の悦びを極めてしまうのか。

(いやあ。それだけは……それだけはああ)

「そろそろイクかな。いいよ、イッちゃいなよ。きっとみんな、今きみを見ながら全国津々浦々でチ×ポをしごいてるよん。んっんっ……」

……ねろねろ。れろれろれろ。

「ひいいっ。いや。だめえ。こんなのいや。見ちゃだめ。見ないでぇえ。ああ、もうやめて。お願い、やめてええぇ」

(イッちゃう。イッちゃうイッちゃうイッちゃう！)

「だったら呼べよ！」

「うああ。チ×ポさん、やめて！　もう舐めないでええぇっ」

「呼びすてにしろ！」

「ああ、チ×ポやめて。チ×ポ。チ×ポチ×ポチ×ポああああっ」

……ビクン、ビクン。

(あああ……)

強い稲妻に脳天からたたき割られた。中空高く突きぬけていくような快美感とともに、美月は意識を白濁させる。

気持ちよかった。とろけてしまいそうだった。

こんなに生きにくい世の中なのに、それでも人類は繁栄をつづけている。

その理由がよくわかった。

なんのことはない。

みんな、いやらしいだけなのだ。

いや、違う。

人類のせいにしてはならない。

美月は懺悔する。

ごめんなさい、こんないやらしい最低の娘で。

3

「あっ……あああっ、はうう……」

「ククク、お呼びですかあ、姫ぇ。クックククク！」

「ううっ……」

ビクビクと身体を痙攣させ、美月はエクスタシーの悦びに溺れた。

楽しそうな河村の声に、現実に引き戻される。

頭がまだドロリとにごり、視界もかすんでいた。しかし必死に理性をかき集め、目をしばたたかせて美月は河村を見る。

「ひいっ！」

たまらず引きつった声をあげた。

狂った独身教師はいつの間にかボクサーパンツを脱ぎすて、全裸になっていた。股間の黒い茂みから、雄々しくペニスが、天を向いて反り返っている。

河村の陰茎は、グロテスクなまでに勃起していた。

どす黒い幹部分にゴツゴツと、赤だの青だのの血管を浮かべ、ドクン、ドクンと脈打っている。

先端の亀頭はぷっくりと肥大し、暗紫色の傘をひろげて、こちらも膨張と収縮をくり返す。

あまりにおぞましい唾棄すべき眺めに、美月はえずきそうになった。

「う……うぇ……」

「あひゃひゃ。チ×ポ、チ×ポって思いきりわめいて呼んでたじゃねえかよ。だから登場しましたよ、チ×ポさん。予定よりメチャメチャ早いけど、しかたないっすよね、みなさん。今日の生贄(いけにえ)ちゃん、かなりエロいから。ねっ？」

河村は片手で肉棒を握り、美月に見せつけるようにしこしことしごきながら、ビデオの向こうにいる視聴者たちをあおった。

するとPCの画面で、またしてもおびただしいメッセージが滝のように流れる。

――異議なし！

――今、白い汁、いっぱい出たのでチ×ポ、フキフキしてま～す。

――さあ、いよいよ有料！

――有料！　有料！　有料！　有料！

――こんなエロい17歳、はじめてだぜ！

――犯せ。犯せ！

（ああ……）

犯せ。

犯せ、犯せ、犯せ、犯せ！

誰かが発したメッセージに同調し、すさまじい数の「犯せ」がPCの画面を流れた。

「うっししし」

河村は愉快そうにそれを見ていたかと思うと、あらかじめ用意していたらしきハサミを手にとる。

「――っ。な、なにをするんですか」

「大丈夫。痛い思いはさせないよ。パンツを切るだけさ。椅子に縛りつけちゃったから、そうしないと脱がせられないでしょ」

河村は手にしたハサミの刃を開いたり閉じたりしながら、両目をギラつかせて近づいてくる。

「い、いやあ……」

「ああ、そうだ。痛い思いをさせるとしたら……」

白い歯を剝きだしにして、河村は言った。

「処女喪失の瞬間だね。全世界のエロい男たちに、チ×ポしごかれながらの」

「――っ。いやあ。いやあああ」

「大丈夫。すぐ痛くなくなるし、きみのことだ」

芝居がかった調子で、河村は言った。

「すぐにエロエロな獣になるって。マ×コから血が出てるっていうのにね」

そう言うと、河村のハサミが美月の股間に近づいた。

「いやあ。誰か、誰かあああああっ！」

……ピンポーン。

そのとき、玄関でチャイムが鳴った。

河村はギョッとして動きを止める。

「──っ！」

美月は玄関をふり返った。

誰かは知らないが、千載一遇のチャンスである。

「た、たすけ……むぐうっ」

しかし、助けを求めようとした少女の口を、あわてて河村がふさいだ。

「ちぇっ。ごめんね、みんな。ちょっと休憩。必ず配信再開するから、ちょっと待ってて」

ビデオカメラに向かって言うと、河村は配信機器をストップさせた。

……ピンポーン、ピンポーン。

その間も、訪問者は立てつづけにチャイムを鳴らし、乱暴にドアを何度もたたく。

「河村さん、いらっしゃるんでしょ。宅配便です。お荷物、とどいてます。お願いします、何度も来るの面倒なんで。河村さん、いらっしゃるってわかってますよぉ」

ドアをくり返したたき、チャイムを連打して、宅配便の運転手だというその人はドアの向こうで叫ぶ。

たぶん、日はまだ暮れていないはず。

だとしたら、閑静な住宅街の高級感あふれるマンションには、いささかそぐわない声がひびいていることになる。

「ちっ」

いまいましげに、河村が舌打ちした。

「——ひっ」

手にしたハサミの切っ先を、河村は少女の喉もとに突きつけた。

美月は思わず身をすくめる。

「はぁはぁ……いいか、声なんてあげたらただじゃおかないぞ。今の配信は録画もされている。おまえ次第で、名前や素顔の情報コミで世界中に流すことだってできるからな」

「ううっ……」

「河村さあん、河村さあん、お願いします。ちょっと重いです、荷物」

ドンドンと戸をたたく音はさらに大きさを増した。

「るっせえな、クソが」

河村は舌打ちをし、着けていたマスクをとるとジャージの上下を身につけた。つい先刻までビンビンに勃っていた一物も、いつしか小さくなっている。

「河村さあん」

「はぁい……ちっ」

ブツブツと呪詛（じゅそ）の言葉をつぶやきつつ、河村は玄関に向かった。

ダイニングとの間をしきる引き戸を閉め、訪問者の目からリビングを隠す。くぐもった音で、不機嫌そうに玄関に向かう河村の足音が美月の耳にとどく。

（どうしよう……どうしよう！）

助けを求めるなら、今しかないと思った。

だが、河村の脅迫の言葉も気になる。もしかして自分は、一生を棒にふるような愚行を働こうとしているのではあるまいか。

それでも、こんなチャンスはもう二度とない。

（どうしよう……ああ、どうしよう！）

「河村さぁん」

「はいっ。今、開けますよ。うるさいな……」

しつこい配達人にまたも舌打ちをし、河村が玄関の内鍵をはずす音がした。

ロックが解除され、ドアが開けられる。

叫ぶなら、今しかない。

「助け——」

「ぶっほおおおっ」

(えっ)

一か八かで叫ぼうとした、そのときだ。

いきなり鈍い殴打音と、誰かのうめき声が耳にとどく。

(な、なに)

「てめえ、この野郎!」

「だ、誰だ、おまえ」

「殺されてえか、ああ」

(えっ。えっ、えっ?)

入ってきた誰かが、もしかして河村を殴っているのか。

人と人とが揉みあう荒々しい音と、激しい殴打音、人のうめき声が次々と聞こえてくる。

そして、誰かがバタバタとこちらに近づいてくる、あわただしい足音も。

（ええっ？）

「――お姉ちゃん！」

仕切り戸が開かれると、飛びこんできたのは里緒だった。

「り、里緒!?」

「もう大丈夫。大丈夫だからね」

里緒はそう言うと、籐椅子にグルグル巻きにされていたロープを、見つけたハサミを使ってすばやく切断しはじめた。

美月にはわけがわからない。

どうして里緒が助けになど来てくれたのだろう。自分が今日ここに来ることは、里緒はもちろん、誰にも言っていなかった。

「里緒、あの――」

「ぶっほおおっ」

「おじさん、もうやめとけって」

「放せよ」

「ぶっほほおおっ」

「死んじまう。これぐらいにしとけよ」

(だ、誰？)

ひとりは少年のような声。

聞いたことのない声だ。

だがもうひとりには、思いあたる節がある。しかし、それは聞きなれたその人の声ではなかった。

声はたしかにその人なのに、いつもとは違う、別人のような怒りと野性味が色濃くにじみだしている。

「里緒……」

たしかめようと、美月は里緒を見た。

里緒はなにも言わないでと言うように、こくりとうなずく。

「助けに来たよ、お姉ちゃんの王子様。ちょっと歳食いすぎてるし、そこまでかっこよくない王子様だけど」

「里緒……」

美月は胸が熱くなった。

不覚にも、妹の前なのに、涙があふれだしてくる。

「なんで私たちがここまで来られたかとか、種明かしはまたあとで。とにかく今、私が言いたいのは」

里緒はそう言って、声を小さくした。

「お姉ちゃんにゆずる」

「……えっ」

「私なんかじゃ、やっぱかなわないっぽいし」

「里緒……」

「美月！」

そのとき、ダイニングルームとの仕切り戸がさらに大きく開けはなたれた。見れば、そこには顔を引きつらせ、いとしい男が心配そうに立っている。

「お父さん、お父さん」

もうだめだと、美月は思った。

どうしよう、泣いてしまう。

もう泣いているのに、そう思いながら、美月は子供のように号泣した。

「美月、ああ、美月」

そんな美月に幸樹は駆けより、籐椅子から解放された少女をそこから下ろすと、渾身の力でかき抱いた。

「お父さん、あぁん、あああぁん」

美月は泣いた。

こんなに泣いたのは、いったいいつ以来だろうと思いながら。

「こら、おまえは入ってくるな」

里緒がそう言って、部屋を飛びだしていく。

開けはなたれた仕切り戸をしめるや「あいてっ」と見知らぬ男の子が痛みを訴える声がした。

「お父さん、怖かったよう。怖かったよう」

「もう大丈夫だ。怖かったな。でも、もう心配ない」

幸樹はそう言うと、さらに力をこめて美月を抱きすくめた。

「もう心配しないでいい。俺が守ってやる。もう、迷わない。これからは、ずっと俺がそばでおまえを守ってやる」

第六章　最強の痴女王

1

「お父さん……」

「美月、美月、んっんっ……」

「ハァン……」

青白い月明かりが、閉じたカーテン越しに射しこんでいた。

いつもの和室に敷いた白い布団の上。

布団よりさらに白いピチピチした肌を見せつけて、幸樹の宝物は布団の上でむちむちした半裸身をのたうたせる。

楚々とした美貌には、まだなお涙のなごりがあった。

それでも美月は、もう泣いていない。

すべてをかなぐり捨てたかのように、優等生のまじめな自分を放棄して、愛欲に溺れる卑猥な牝になっていく。

「お父さん」

「美月、はぁはぁ……」

「お父さん、お父さん、お父さん、お父さん、あああ……」

「はぁはぁはぁ。んっんっ……」

……ピチャピチャ。れろれろ。

「アァン、お父さん、感じちゃう。嫌いなの、こんな身体……ほんとに嫌い……」

「そんなことない。俺はおまえの身体が大好きだ……んっんっ……だって、おまえの身体なんだから……」

……ちゅうぴちゃ、れろん。

「うああ。ああ、恥ずかしい。でも、感じちゃうよう。お父さん、うあああ」

かわいい娘は、すでにパンティ一枚の姿になっていた。

そんな美月の白い肌はどこもかしこも、幸樹の唾液でベチョベチョだ。

舐めまくっていた。

長い間、飽くことなく交わした接吻のあと、幸樹は鼻息を荒くして、美少女の肌という肌を、とことんあまさず舐めまわした。

まずは首すじ、それからかわいい顔、鎖骨から乳房へと下り、時間をかけてふたつのおっぱいを、乳首も乳輪も白い乳もたっぷりと唾液まみれにおとしめた。

腹も舐めた。

へそのくぼみになど、いまだに唾液の水たまりがある。両手も先まで時間をかけてピチャピチャとしゃぶった。

つづいて美月を裏返し、背中にも舌の刷毛（はけ）をねっとりと使った。

そのまま太もも、膝の裏、ふくらはぎを左右どちらも舐め、足首から先も丹念に舐めた。

足の指だって一本残らず口に含み、飴（あめ）でも舐めるように、そのすべてをしゃぶって味わった。そして今度は、足の甲からふくらはぎの前面、膝、太ももの前面をれろれろと舐めてベトベトにした。

美月は感じた。そのたびビクビクと身体をふるわせ、艶めかしい声をあげて、その身をのたうたせた。

和室には闇を跳ね返す勢いで、美月の半裸のいたるところで唾液の粘りがぬめぬめと光り輝いている。

美月を間一髪のところで救った功労者は、幸樹ではなかった。里緒である。

友人の拓に、姉が夢中になっているらしいんだけどと言って、美月からもらった独身教師の画像を見せたのだという。

すると拓は「あれ、こいつどこかで……」となった。

心も身体も大人になっていく、性への関心の強い年ごろ。拓はこっそりと、ネットで配信されるアダルトライブを鑑賞していた。

そんな拓が、河村のことを知っていた。あるライブのとき、油断してマスクをはずした河村の顔を忘れずにいたのである。

じつは河村は、超ロリコンのド変態。

美少女のSM緊縛、処女喪失映像をマニアたちに売りつけることを裏の顔、および副業にする、とんでもない教師だったのだ。

驚いた里緒は、あわてて姉に電話をした。

だが、つながらない。

それどころか、ＧＰＳアプリを確認すれば、前に聞いた独身教師のマンションがあるという街に向かって美月は近づいている。

すわ、一大事。

自分たちだけでは、とうてい手にあまると思ったようだ。

里緒は幸樹にＳＯＳをした。

事情を聞いた幸樹はパニックになり、とるものもとりあえず、里緒たちと合流して美月のもとに向かったのであった。

そして、幸樹と美月は、ついに互いの心情をさらした。


「ハアァン、お父さん……」

美少女の敏感な身体をどこもかしこも舐めたすえ、幸樹は美月の脚をすくいあげ、Ｍ字開脚を強要した。

純白のパンティがむっちりと官能的な股間に食いこんで、繊細な肉土手をこんもりと盛りあがらせている。

「ぜんぶ舐めたぞ、美月」

はぁはぁと息を荒らげ、娘の股間から持ち主を見あげて、幸樹は言った。

ひと足先に、素っ裸になっている。

股間の一物は、とっくの昔にビンビンだ。

幸樹の股間のものを見て、美月は驚愕した。これから膣内に受け入れなければならないのだから、無理もない話ではある。

ペニスはともかく、年若い十代の娘にさらすには、いささか気が引ける身体になってきてはいた。

だがそれでも、幸樹は堂々としていようと思う。なによりもこの娘が、そんな態度をこそ求めている気がした。

「お、お父さん……」

「あとは……ここだなっ！」

……れろん。

「きゃあああああ」

パンティ越しに、まずは挨拶代わりのようにクリ豆のあたりをひと舐めした。

美月はもうそれだけで、我を忘れた嬌声をあげる。

電極でも押しつけられたかのように、まずは背中を、つづいて尻を、脚を跳ねあげ、ビクン、ビクンと全身を痙攣させる。

「おお、いやらしい。美月、おまえは本当にいやらしい」

万感の思いとともに、幸樹は言った。

「そ、そんなこと言わないで。恥ずかしいよう。お父さんのいじわる」

「いや、違う。恥をかかせるつもりは全然ない。ただ、俺は本当に……」

そう言うと、幸樹は十七歳の美少女の股間から、パンティをズルズルと下ろした。

「いやぁ……」

(うおおっ。うおおおおっ!)

中から現れた眼福ものの絶景に、幸樹は今にも叫びそうになった。

DNAの不思議を今夜も思う。

露になったヴィーナスの丘は、母親の景子と同様、大迫力の剛毛恥帯。白い肉の丘いっぱいに、清楚な美少女とは思えない豪快さで、縮れた黒い毛がびっしりと生えている。

陰毛は下着から解放されたとたん、もさもさと盛りあがった。

それぞれの毛が統一感もなく、好き勝手な方角に毛先を飛びださせる。

上品を絵に描いたような娘の股のつけ根に、これほどまでにもじゃもじゃのマングローブの森があるだなんて。

やはり神様は、意地悪でいたずら好きだ。

ここに、景子がいた。

あのころ、寝ても覚めても恋い焦がれた永遠のマドンナが、時空を超えて降臨し、今またここにいる。

景子そのものは、変わってしまったというのに。

本物の景子以上に景子らしい、幸樹の神聖なアイコンが、可憐な美貌を真っ赤に染め、すべてを幸樹に捧げようとしている。

「おお、美月、美月っ！」

「あァン、お父さん、アァァン」

もう一度、少女をガニ股にさせた。

もっさり剛毛に顔をよせれば、漆黒の茂みのその中に、みずみずしいワレメが恥ずかしそうに隠れている。

柑橘系の甘酸っぱいアロマが、誘うように幸樹の顔を撫であげた。

「た、たまらない。たまらない！」

……ねろん。

「うああああ」

「おお、美月……」

陰毛は豪快だが、淫肉のほうはあどけなさを色濃く残したこぶりな裂け目。左右不ぞろいのビラビラが、百合(ゆり)の花のように縁をまるめて飛びだしている。くぱっと開いた膣園は、すでにあだっぽい潤みを見せていた。

……ピチャピチャ。

「あああ。あああああ」

「はぁはぁ。はぁはぁはぁ」

ワレメに舌を突きさし、そのままクリトリスまで舐めあげた。

気持ちいいのだろう。もうどうしようもないのだろう。

いつも楚々として奥ゆかしい少女が、獣のような声をあげる。

背すじを反らし、顎を天に向け、すべての音に濁音がついたような、かすれた悲鳴をひびかせる。

乳が揺れた。

乳首が虚空にジグザグの線を描く。

「あうう。あううう」

「感じるんだな、美月。いいんだよ、もっと感じて。俺はおまえがかわいくてたまらない」

……れろれろ、れろん。れろれろれろ。

「うあぁ。あああああ。いやあ、お父さん、恥ずかしい。感じちゃう。すごいの。すごい。嫌いにならないでうああ。お願い嫌いにならなああ気持ちいい気持ちいいうあああああ」

……ビクン、ビクン。

（イッた。すごい……）

幸樹は感激する。

母のＤＮＡを濃厚に継いだこの娘は、もしかしたら母親以上の逸材かもしれない。

妹もすごかったが、軍配は僅差で姉にあがる気がした。

「あうう。あうう。あうう」

炒（いた）められる海老（えび）のように、美月は派手に布団を跳ねる。

恥じらう余裕すら、もはやない。

腹の肉がふるえた。

太ももに白いさざ波が立ち、ぷるんと尻肉を揺らす。豊満なおっぱいがゼリーのように形くずれし、やわらかそうに波打つ。

「美月、ああ、エロい……」

「そんなこと言わないで……だめ、身体、痙攣しちゃうよう……あう、あう……見ないで……だめぇ……お願い……うあぁ……あああぁ……」

「おお、美月、美月美月美月！」

「きゃあああ」

……ぶちゅぶちゅ、れろん、れろれろ、ちゅぶぶちゅぶちゅちゅ！

「ぎゃあぁ。ぎゃあああ」

まだ絶頂の痙攣は終わっていなかった。

それなのに、幸樹はまたしても美少女をガニ股にし、ひくつく媚肉に怒濤の勢いでむしゃぶりつく。

「ああ、お父さん、あああぁ、そんなに舐めちゃダメダメあああ気持ちいいよおおうあぎゃあああぁ」

「はぁはぁ、美月、信じられない。美月のマ×コを舐めている。美月のマ×コを舐めている。美月のマ×コを舐めている。んっんっ……」

……ぶっちゅうちゅばちゅばれろれろぢゅぶぶっ、ぶちゅちゅちゅちゅう！

「ぎゃあああ、なにこれなにこれいやあああ、ああ気持ちいい気持ちいい、あああ、あああああっ！」

——ブシュパアァァ！

「ぷはっ!?　おお、美月……」

幸樹の激しい牝肉舐めに、美月は文字どおり気が違ったようになった。

このおとなしい娘のどこにそんなものがあったのかと驚くほどの変わりようで、美月とも思えない品のない声で叫び、ついには舐められた淫華から、失禁の勢いで潮を噴く。

「ああン、いやあ……出ちゃった……しっこ、出ちゃったよう、うう、ううう……」

生涯はじめての潮噴きに違いなかった。

美月は羞恥にかられながらも、痙攣する身体をどうにもできない。

「うう、ううう」

痙攣しながら力むたび、さらなる潮がブシュブシュと股のつけ根から噴きちった。

最初の一撃を顔面に浴びた幸樹は両手で潮を拭いつつ、その身体にビチャビチャと新たな潮をたたきつけられる。

「はうう、ごめんなさい。おしっこが……しっこ……あああ……」

「エロい……違うよ、美月。これはおしっこじゃない。おまえは潮を噴いたんだ」

「うっ……し、潮……潮って……」

「はぁはぁ……最高だよ。俺は、もうおまえに狂いそうだ」

「はうう……お父さん……恥ずかしいよう……こんな身体、嫌い……大嫌い……」

「大好きにさせてあげるよ、父さんが！」

「あああ……」

今度もまた、痙攣がやむのを幸樹は待てなかった。

いとしい娘はまだなお不随意にふるえたが、幸樹はそんな美月におおいかぶさる。

「お父さん……」

美月はビクン、ビクンと痙攣しつつも、幸樹を拒まなかった。

やっとこのときが来たというような万感胸に迫る顔つきで見あげている。

清楚な美貌に、緊張が走った。

2

「ごめん、痛くしてしまうかも……でも、最初だけだと思う」

「はうう……」

はにかんだように、美月は幸樹の背中に両手をまわし、首すじに隠すように顔を埋めた。

豊満な乳房がふたりの身体の間に挟まれ、やわらかくひしゃげる。炭火のような熱さを持った硬い乳首が、幸樹の胸板に食いこんだ。

処女の裸体は、幸樹の唾液と自身の汗でねっとりと湿っている。しかも、不意をつかれる熱さにも満ちていた。

「んはぁ……わ、忘れない……」

幸樹は片手にペニスをとり、ぬめるワレメにクチュッと押しつけた。

「美月……」

幸樹の首すじに小顔を埋めたまま、恥ずかしそうに美月は言った。

「今夜のこと、私一生忘れない。大切な思い出なの。だから、だから……」

せつない力で、ギュッと幸樹をかき抱く。

「痛くして。お父さんに痛くされるなら、私、幸せだよう」

「おお、美月！」

あまりのかわいさに、どうにかなってしまいそうだ。

幸樹は挿入の体勢になり、ゆっくりと腰を突きだした。

——ヌプヌプッ！

「痛いっ……」

「美月……」

「い、痛くして……もっと、痛くして。うれしい。お父さんに、大人にしてもらえてる……」

「いいのか？」

痛がる美月に、胸を締めつけられる。

だが、少女は言った。

「もっと挿れて。気持ちよくなって。気持ちよくなってくれなきゃいやだよう」

「くっ……」

愛する娘に煽られるがまま、幸樹はさらに腰を進める。

——ヌプヌプッ！

「い、痛い、痛い……」

「おお……ごめん、ごめんな、くっ……」

——ヌプヌプヌプッ！

「ああ」

——ヌプヌプヌプヌプッ！

「あああああ」

「くぅ、美月……」

とうとう猛る一物を、根もとまで美少女の胎肉に挿入した。

美月は幸樹の首すじから顔を離す。奥歯をかみしめ、眉間にしわをよせて痛みに耐えている。

破瓜の痛みは、ただでさえ激甚らしい。

それなのに、無駄に大きな自分のペニスがさらに苦悶をしいている気がして、幸樹は申し訳なくなる。

「痛いか、美月」

「いいの。幸せなの、お父さん」

だが、美月は目を潤ませて幸樹を見た。

「私、生まれてきてから、今がいちばん幸せだよう」

「おお、美月……」

（か、かわいい！）

「動くぞ。いいか」

「動いて。いっぱい動いて。お父さん、愛してるって言ってもいい？」

「美月」

「愛してる、愛してる。お父さん、愛してる」

「おおお、美月！」

……バツン、バツン！

「うああ、痛い。痛い、痛い、あああ」

「あの……」

「やめないで」

動きはじめるや、美月は悲痛な声をあげた。

胸が痛み、腰の動きを止めると、美月は駄々っ子のように身体を揺さぶり、あらためて幸樹にむしゃぶつりく。

「でも、美月……」

「愛してるって言って」

「えっ」

「だめかな。言ってくれたらがんばれる。お父さんの言葉がほしい」

「み、美月」

(かわいい。おかしくなりそうだ)

「美月、愛してる」

……ぐぢゅる。

「ヒイィ。い、痛い。痛いよう」

「みっ――」

「お父さん、もっと聞きたい」

「くっ……あ、愛してる、美月、愛してる」

……ぐちゅっ、ぬちゅっ。

「ああ、痛い……痛い……でも……でも……お父さん、うれしいよう」

「美月……」

「もっと言って。言ってよう」

「愛してる。愛してる。大好きだ」

「あああああ」

見れば美月は、またしてもその目から涙をあふれさせていた。穢れのない乙女ごころのまっすぐさに、こちらまで鼻の奥がツンとなる。

げてしまう。

痛がる美月を気遣う思いはあるものの、かわいい美少女に、せつない思いがこみあげてしまう。

「はぁはぁ……美月……おおお……」

「あああああ、お父さん……お父さん……あっあっ、ひはぁ……」

……ぐぢゅる、ぬぢゅる。グチュグチュグチュ！

(だめだ。ああ、腰が……動いてしまう！)

男とは滑稽な生き物だ。

女をいとしいと思う気持ちは、苦もなく獰猛な生殖衝動に変化する。

言ってあげたいこと、言わなければならないことは山とあるのに、女陰に男根を突きさして感じる部分を擦りつけ、とろけるような快楽に打ちふるえる。

「美月……ああ、美月……」

……グヂュグチュグヂュ！　ヌチュヌヂュヌヂュ！

「うあっ、うああっ。お、お父さん……あっあっ……い、痛い……痛いけど……えっ……えっえっ……あっあっ……あっあっ、あっあっあっあっ！」

(美月)

こらえられずに腰の動きをエスカレートさせれば、少女の反応に変化があった。

痛みに顔をしかめ、悲痛なうめき声をあげていたはずなのに、次第に声の雰囲気が変わってくる。

新たに聞こえはじめたのは、艶めかしいあえぎ声。

膣奥深くえぐるたび、悩ましくその身をのたうたせ、少しずつその身体に艶やかなものをふたたびにじませだす。

「あっあっ……ひはっ、えっ、ええっ……お父さん……ちょ……待って……ひはっ、あう、ええっ。こ、これなに……なんなの、これ。うああ、うあああ」

「おお、美月、はぁはぁはぁ」

幸樹は上体を起こし、体勢を変えてピストンをした。性器の擦れあう部分は、肉棒も膣も、破瓜の鮮血でべっとりと真っ赤に染まっている。

幸樹はあらためて、この美しい娘の処女を捧げてもらえた多幸感に陶酔した。

一方で、はじめて迎えるには大きすぎるペニスに苦悶し、牝肉が鮮血を流してひりつくのも無理はないと思う。

だがやはり、それは一時のものだった。

淫乱なDNAはすぐさま勢いをとり戻しつつある。処女を散らした乙女の肉体を、またしても妖しくむしばんでいく。

「あっあっ、お、お父さん……だめ、ああ、いや、いやいや、ああ、嘘でしょ。だって、私……私……うああ、うあああ、うあああ」

「おお、美月……すごい！」

おのれの肉体を衝きあげる激情の嵐に、文字どおり美月は狂乱した。右へ左へと顔をふり、この事態が信じられないという表情をする。

両手を髪にやっては敷布団をたたき、ましても指を髪に埋めては、気が違ったようにかきむしり、激しく指で布団をたたく。

「うああ、うああ、うあああああ、あああ、ああああああ、あああああああ」

「美月、よくなってきたか、よくなってきたんだな。そらそらそらそら」

――グヂュグヂュグヂュ！ ヌヂュヌヂュヌヂュ！

「ああああ、お父さん、変だよう、変だよう。私の身体、か、身体、がらだ、うああ、うああああああ」

「はぁはぁ。はぁはぁはぁ」

沸騰しながら駆けめぐる痴女の血が、十七歳の少女の身体を淫猥な毒でむしばんだ。

いつも楚々として微笑む、品のいい娘はもうどこにもいない。

「ぐああ、ぐああ、ぐあああああ」

「美月、すごい……」

両目を見開き、髪をふり乱し、すごい力で布団をたたく。鼻の穴をせわしなくひろげては閉じ、ひろげては閉じしてフンフンと鼻息を漏らし、首すじを引きつらせて歯ぎしりの音を闇にひびかせる。

「ぐああ、ぐあああ、おどうざん、おどうざん、ごれなにごれなにごれなにぎもぢいいぎもぢいいい、あああ、あああああ」

「美月、はぁはぁ……いいんだな、よくなってきたんだな。うれしいよ、美月。愛してる。本当に愛してる」

「ぐあああ。ぐあ、ぐあ、ぐああああ」

幸樹は万感の思いとともに、またしても美月への愛を言葉にした。

だが美月には、もはやその声は届いていないようだ。

美月から漏れる声だとはとうてい思えない獣の声をひびかせ、完全なトランス状態に突入した。生殖行為だけでしか味わえない卑猥な悦びを、美しい乙女は臆面もなく享受する。

「あああ、おどうざん、ぎもぢいい、おがじぐなる、おがじぐなる、ぶばば、ぶばばばばばっ」

「はぁはぁ……美月、美月、美月、美月！」

すごいぞ、すごいすごいと思いながら、幸樹はカクカクと腰をしゃくり、美月とのセックスに恍惚とした。

(マ×コもすごい。気持ちいい！)

たった今、処女を失ったばかりだというのに、美月の胎肉はみずみずしくも、淫猥な蠢動(しゅんどう)をくり返した。

なんだこの淫肉はと、幸樹は戦慄する。

男を迎えたのは今回がはじめてのはずなのに、ウネウネと蠕動(ぜんどう)し、中で暴れる男根におもねるように、締めつけては解放する。

キュキュッと絞られるそのたびに、亀頭に甘酸っぱいうずきが走った。

たまらずドロリと先走り汁が漏れる。幸樹はカリ首でそれをすくい、ニチャニチャ、ネチョネチョと子宮口に粘りつける。

(も、もうだめだ！)

「うああ。うああ。うあああああ。おどうざんぎもぢいいようぎもぢいいよう。イッぢゃう。イッぢゃうイッぢゃうイッぢゃう、ぶばば、ぶばばあああ」

「おお、美月、イクッ……」

「うああっ。うっあああああっ!!」

——どぴゅどぴゅどぴゅ！　びゅるる！　ぶぴぴぴっ！

（ああ……）

ついに幸樹は、クライマックスに突きぬけた。

股間をグリグリと娘の秘丘に押しつけ、膣奥深くまで陰茎をえぐりこんで、射精の悦びに酩酊する。

ドクン、ドクンと陰茎が脈打った。そのたび大量の精液が、美少女の膣奥に当たってしぶきをちらす。

こんな気持ちのいい射精は、生まれてはじめてだった。

正直に言おう。長年のマドンナだった、景子の膣にはじめて中出し射精をしたときより、何倍もいい。

（ごめんな、景子）

今さらのように、幸樹は景子に謝った。

自分の地獄ゆきは、やはり決定事項であろう。

「はうう……おとう、さん……」

「美月……」

見れば美月もまた、狂おしい絶頂の余韻にあった。白目を剥き、首すじを引きつらせ、絶え間なくその身を痙攣させる。

「はずか、しいよう……こんな私……見られちゃって……お願い……嫌いに、ならない、で……ああ……」

「ばか、なるもんか。大好きだよ、美月」

「おとうさん、んはぁ……温かい……おとうさんの、精液……いっぱい……いっぱい……はあぁ……」

なおも裸身を痙攣させつつ、美月はうっとりとした声で言った。

幸樹は、はじめて知る。

白目を剝く美月は、ふるえがくるほどエロチックだった。

3

「み、美月、まだいいよな。まだまだお父さん、今日はしていいよな」

こうなると、もう大人の矜持(きょうじ)もへったくれもなかった。この娘への衝きあげられるような想いで、幸樹はどうにかなりそうだ。

「し、して、お父さん。いっぱいして」

そしてそれは、どうやら才媛の少女も同じらしい。

「私もしたい。もっとお父さんに抱きしめられたいよう」

「おお、美月……さあ、おいで」

ふたりきりの内緒の時間は、まだはじまったばかりだと、幸樹は天にも昇る心地になる。

ぐったりとする娘の手を引っぱって起こすと、交代するように自分が布団に仰臥し、股間のペニスをとった。

「はうう……お父さん……」

「自分で挿れられるかい。ほら、挿れてごらん」

「あああ……」

天に向かって、精子と愛蜜、鮮血まみれになった巨根を突きだす。天衝く尖塔さながらの雄々しい極太に、美月はたまらずため息をこぼした。

それでも、少女は動く。

立ちあがり、内股ぎみの上品な挙措で、義父だった男の身体にまたがった。

ためらいがちながらも、そんな自分を奮いたたせるかのように、ゆっくりと腰を落としてくる。

「ガニ股だよ、美月。ガニ股になって、自分でオマ×コにチ×ポを挿れなさい」

幸樹は露骨な言葉で美月に命じた。

「お父さん、私、恥ずかしい」

「恥ずかしいことをやらせているんだ。お願いだよ、興奮させておくれ」

「こ、興奮できるの、こんな私で」

「ああ、もちろんさ」

「くうぅ、お父さん……」

幸樹の言葉が、うぶな美月の背中をさらに押した。まじめな美少女は幸樹にせがまれるがまま、あられもないガニ股ポーズになってみせる。

「おお、エロい！」

「ああ、恥ずかしい……お父さん、お父さん、あああ……」

いつも品のいい娘が破廉恥に両脚を開き、身もふたもないガニ股ポーズになった。

その全身はしっとりと汗で湿っている。股間の剛毛はぐっしょりと濡れ、ただでさえ黒い毛がますます漆黒になっていた。

……ポタリ、ポタリ。

「あン、いや、ごめんなさい……」

露になった媚肉から、逆流した精液があふれ、長い糸を引いて粘り伸びる。ちぎれたしずくがポタポタと、雨滴のように幸樹の股間をたたいた。

「あやまることはない。俺が注いだんだから。さあ、おいで」

……クチュッ。

「ひはっ」

ガニ股になった美少女はそっとペニスをとり、自らの股間にみちびいた。亀頭が膣園に擦れただけで、ビクンとその身をふるわせる。

ふつうの女性の千倍は鋭敏だと思われる好感度の肉体。なにをしても、なにをされてもこの娘は、そのつどふつうではない反応をする。

「さあ、来なさい」

「ああ、お父さん、んあああっ」

――ヌプヌプヌプッ！

「うああああ」

「うおおっ、美月……」

ガニ股のまま腰を落とし、男根を半分ほどまで膣内に埋めこんだ。

しかしそこで、美月の動きは止まる。

信じられないことに、肉傘で膣ヒダを引っかかれただけで、またしても少女は軽いアクメに突きぬけた。

「美月……おまえ……」

「あああ……い、いや……だめ……お父さん、私、おかしくなる……なにをしても気持ちよくって……たまらなくてぇ……」

(美月)

中腰で踏んばったまま、またしても痙攣をする娘に内なる嗜虐心を煽られた。

ひくついているのは、目に見える部分だけではない。

陰茎を食いしめた魔性の肉洞も、またしても収縮と弛緩をくり返し、入ってきた怒張を締めつけては解放する。

(だ、だめだ！)

そんな牝肉のもてなしに、下手をすれば暴発してしまいそうだ。つい先ほど射精をしたばかりだというのに、今日の幸樹は悶々とする気持ちになっている。

「おお、美月っ！」

——ヌプヌプヌプッ！

「ひぎゃあああっ」

自ら腰を突きだし、中途半端に刺さったままだった怒張を膣奥深くまでえぐりこんだ。すると美月は万歳の格好になり、けたたましい声をあげて腰が抜けたようになる。

「おう、おう、おおおう」

倒れこんできた少女は、幸樹におおいかぶさった。

オットセイにも思える間の抜けた声をあげ、何度もくり返し痙攣しては「うぅ、うぅ」と苦しげにうめいて身もだえる。

「イッたか。またイッたんだな」

ふるえる娘を両手で力強くかき抱いた。

「うぅ、うぅ、お、おどうざん……」

美月はすごい力で痙攣して暴れる。

幸樹は思わず両手を離してしまいそうになる。

「もっどじで」

「美月」

美月がしがみつくように幸樹を抱きしめた。

「もっどじで。おどうざん、もっどじで。じでじでじで」

「おお、美月、美月っ！」

——パンパンパン！　パンパンパンパン！

「うおお。うおおおおっ」

汗をにじませたフレッシュな身体をかき抱き、幸樹は怒濤の勢いで腰をふった。

美月のあえぎ声は「あ」ではなく「お」に変わる。しかもズシリと低音のその響きは、明らかにいつもの少女の声ではない。

「おおお、おどうざん、ぎもぢいいぎもぢいい。おおお。おおおおおっ」

「わあ、締まる締まる締まる。こいつはたまらん！」

幸樹は慄然とした。

膣奥深くまでえぐりこむ肉棒を、一度目以上の強さで美月の恥肉が絞りこんでくる。

どんなに肛門をすぼめ、吐精の誘惑にあらがっても、これはもう無理。あっけなく、二度目の絶頂が近づいてくる。

「ああ、美月、出るぞ。また射精する。いいな。いいな」

「あばばば。あばばばばば」

「美月……」

幸樹は確信した。

痴女、完全開花。こいつはいつか空恐ろしい女になる。

その膣には、まだなお破瓜のなごりがあるのに、早くも美月は、完全に狂って淫牝の悦びによがり泣く。

「あばばば。ぎもぢいいぎもぢいいおどうざんのおぢん×ぼぎもぢいいあがぢゃんづぐってるあがぢゃんづぐってるあべあべあばばまだイグまだイグイグイグイグぅおおおっ、おおっおおおおおっ！」

「美月、出る……」

「おおおおおっ！　おおおおおおおおおっ!!」

――びゅるる！　どぴゅどぴゅどぴゅどぴゅう！

（ああ……）

二度目の頂点は、一度目以上に激甚だった。

ナパーム弾のような光がまたたき、幸樹は完全に粉砕されたような気持ちになる。

塵（ちり）になった。風に舞った。

爆風に煽られてくるくるとまわるのは、最強の痴女王の裸身のまわりだ。

「あっ……あぁっ……あああ……」

幸樹にしがみついたまま、美月はガクガクとふるえた。

見ればまたしても白目を剝き、あうあうと開閉させる口から泡立つよだれを流している。

「おとう、さん……しあわ、せ……わたし……しあわせだよう……あああ……」

「美月……」

幸樹は陰茎を脈打たせ、美月の膣内にまたしてもザーメンを注ぎこみながら、甘酸っぱい悦びに胸を締めつけられた。

いとしい娘は、女王クラスの痴女だった。

超難関国立大学も狙える聡明な才媛。

めったにお目にかかれない美少女。

それなのに、さらに淫乱でもあるとは、なんとも贅沢なスペックだ。

「愛してる……」

幸樹は力の限り抱きすくめた。

美月は幸せそうに目を閉じる。

射精をすればするほど、今夜は焦げつくような欲求不満にさいなまれた。

こんなことは、人生ではじめてだった。

終章

「お姉ちゃん、相変わらず料理上手だね」

「ええ、そうかな。ンフフ」

「さあ、じゃんじゃん食ってくれよ。拓くんも」

「はい。あざーす」

「頭よさそうに挨拶しろ、拓！」

「あたっ。もう里緒ってば、すぐ殴る……」

「ンフフフ」

外では雪が舞っていた。

季節は変わり、あっという間に冬になっている。

休日の昼間。

幸樹と美月は自宅に里緒たちふたりを迎え、すき焼きパーティをスタートさせた。リビングのテーブルいっぱいに載った料理は、どれも美月がてきぱきとこしらえた逸品ばかりである。

(ごめんな、美月)

やってきてくれた拓を自分なりにもてなしながら、幸樹は心で美月に礼を言った。

結局、美月は進学をしなかった。お父さんのそばにいたいからと、かつての義父とふたり、茨の道を突き進む人生を自ら選んだ。

景子は半狂乱になった。だが間に入った里緒が、母親を糾弾した。

――ママ、偉そうなこと言えないじゃない。私、知ってるんだよ、ママがずっと浮気してること。

そう。

里緒は知っていたのだ。

景子が幸樹や娘たちをだまし、パート先で出逢った年若い青年と今も秘密の関係をつづけていることを。そんな景子にとって、幸樹と娘の浮気はたしかにショックではあったものの、渡りに船でもあったことを。

(里緒、ありがとう。おまえも幸せになれよ)

仲よさそうにケンカをする拓との微笑ましいやりとりを見ながら、幸樹は心で二番目の娘を祝福した。

「はい、拓ちゃん、お肉」

「あっ、ねーさん、あざーす」

「だから、あざーすじゃないって言ってんだろ！」

「いたたっ」

「やめなさい、里緒」

「あはは。おいおい、拓くんがかわいそうだろ、里緒」

戸外は寒かったが、家の中は暖かだった。

しかも美月が、熱燗(あつかん)にした日本酒を上品な挙措で注いでくれる。

（最高だ）

熱い酒に食道と胃袋を焼かれつつ、幸樹はしみじみと幸せをかみしめた。

なにがあっても、美月も里緒も自分が守るのだ――。

あらためてそう心に誓いながら、幸樹は娘たちと明るい笑い声を弾けさせた。

妻の連れ子 少女の淫靡な素顔

つまのつれご しょうじょのいんびなすがお

二〇二三年五月十日 初版発行

著者◉殿井穂太【とのい・ほのた】

発行◉マドンナ社

発売◉二見書房

東京都千代田区神田三崎町二－一八－一一

電話 〇三－三五一五－二三一一(代表)

郵便振替 〇〇一七〇－四－二六三九

印刷◉株式会社堀内印刷所 製本◉株式会社村上製本所 落丁・乱丁本はお取替えいたします。定価は、カバーに表示してあります。

ISBN978-4-576-23044-3 ◉ Printed in Japan ◉ ©H.Tonoi 2023